DREAMBOOKS★

DREAMBOOKS★

DREAMBOOKS★

ORIENTAL FANTASY STORY & ADVENTURE

요도 김남재 신무협 장편소설

환생왕 9

초판 1쇄 인쇄 2020년 8월 24일
초판 1쇄 발행 2020년 9월 9일

지은이 요도 김남재
발행인 오영배
편집 편집부
일러스트 나래
표지 · 본문 디자인 오정인
제작 조하늬

펴낸 곳 (주)삼양출판사 · 드림북스
주소 서울시 강북구 도봉로 173
대표 전화 02-980-2112 팩스 02-983-0660
편집부 전화 02-987-9393 팩스 02-980-2115
블로그 blog.naver.com/dreambookss
출판등록 1999년 3월 11일 제9-00046호

ISBN 979-11-283-9762-2 (04810) / 979-11-283-9753-0 (세트)

+ 이 도서의 국립중앙도서관 출판시도서목록(CIP)은 서지정보유통지원시스템홈페이지(http://seoji.nl.go.kr)와 국가자료종합목록 구축시스템(http://kolis-net.nl.go.kr)에서 이용하실 수 있습니다. (CIP제어번호 : CIP2020034360)

환생왕

9

요도 김남재 신무협 장편소설

ORIENTAL FANTASY STORY & ADVENTURE

dream books
드림북스

목차

1장. 개인적 욕심
— 포기할 수가 없다

하고 싶은 이야기가 있다는 자운과 백아린은 그녀에게 배정된 거처에서 마주 앉았다.

탁자를 앞에 둔 채로 앉은 두 사람의 앞에는 찻잔이 놓여 있었다.

뜨거운 찻물을 한 모금 머금은 자운이 이내 입을 열었다.

"생각해 보니 우리 두 사람 이번이 세 번째 만남이로군요."

"아, 뭐 그러네요."

처음 본 것이 맹주를 쫓아내기 위해 마련되었던 회의장이었고, 두 번째가 방금 전 단엽과 나환위의 싸움이 벌어졌던 장소였다.

그리고 지금까지 해서 도합 세 번.

자운이 사람 좋은 표정을 지은 채로 말했다.

"하하, 제가 불편하신 모양입니다. 역시나 맹주님 때문이시겠지요?"

"솔직히 말씀드려서 썩 편하진 않네요."

백아린은 숨기지 않고 속내를 드러냈다.

그러자 기다렸다는 듯 자운이 말을 받았다.

"그럴 수밖에요. 하지만 이해해 주셨으면 합니다. 뜻이 다르다 보니 있는 마찰이니까요."

"그거야 뭐 제가 관여할 바는 아니니까요."

자운이 십천야의 일원이라는 걸 모르는 지금, 사실 그에 대한 백아린의 평가는 그리 특별하지 않았다.

반맹주파로 천무진을 도와주는 맹주 쪽과 적대하는 관계에 놓인 인물이라는 것 정도만이 전부다.

그렇다고 해서 자운이 대놓고 천무진의 적은 아니니 백아린의 입장에서도 굳이 대립해야 할 인물까지는 아니라고 판단하고 있었다.

물론 그렇다고 해서 가까이 지낼 이유도 없었지만 말이다.

백아린이 말했다.

"설마 이 이야기를 하려고 오신 건 아니죠? 무리한 일정 때문에 좀 쉬고 싶거든요."

거리를 두는 백아린의 태도에 자운은 속으로 불쾌감이 치밀었다. 하지만 그런 속내는 완전히 감춘 채로 오히려 미안함이 역력한 표정으로 연기를 시작했다.

"아, 이런. 길게 시간을 빼앗을 생각은 없었는데 저도 모르게 딴소리를 하고 있었군요. 백 총관님에게 미움을 받고 싶지 않다 보니 변명이 길었나 봅니다."

"저한테 그러셔야 할 이유가……."

"사실 오래전부터 적화신루를 눈여겨보고 있었습니다."

"적화신루를요?"

"예, 알려진 것보다 훨씬 뛰어난 정보 단체더군요. 그래서 어떻게든 인연을 만들고 싶었는데 이리 기회가 왔으니 놓치고 싶지 않더군요. 그랬기에 실례를 무릅쓰고 이리 찾아온 겁니다. 너무 노여워 마시기를."

"적화신루에 의뢰를 하고 싶다는 말씀으로 들으면 될까요?"

"네, 맞습니다. 화산파야 개방에게 의지하고 있는 부분이 있으니 전적으로 맡길 순 없지만, 개인적 의뢰들을 따로 부탁드리고 싶습니다."

의뢰를 맡기고 싶다는 말에 백아린이 고개를 끄덕이며

답했다.

"의뢰야 모두에게 열려 있으니 그거야 상관없죠. 다만 먼저 의뢰를 한 당사자와 연관된 정보는 절대 넘기지 않습니다. 모든 정보단체들이 그런 것처럼요."

"당연히 알고 있습니다."

"알겠습니다. 그럼 섬서 지부에 연락을 넣어서 조만간 사람을 보내드리도록 하죠. 앞으로 의뢰는 그쪽으로 해 주시면 될 거예요."

딱 상황을 정리해 버리는 백아린을 지그시 바라보던 자운이 천천히 입을 열었다.

"직접 절 도와주실 순 없으시겠습니까?"

"제가요?"

"네, 애초에 제가 관심이 있는 건 적화신루뿐만이 아니었으니까요."

뜻 모를 말에 백아린이 다음 말을 기다리고 있는 그때였다. 숨을 고른 자운이 말을 이었다.

"백 총관님. 당신이라는 사람에게도 관심이 있습니다. 대단한 능력자시더군요."

자운은 여태 감춰 왔던 진짜 속내를 드러냈다.

자운이 이렇게 백아린을 찾아온 것은 당연히 그의 독단으로 이루어진 행동이었다. 이들이 화산파에 나타난 건 오늘이었다. 갑작스러운 상황에 어르신에게 보고를 하고 대답을 들을 시간이 있었을 리가 없다.

처음의 목표는 단엽의 제거였다.

그렇게 천무진의 수족 하나를 없애려 했지만, 그 계획은 수포로 돌아갔다.

절호의 기회를 놓쳤다 생각하며 스스로 화가 나 있는 그때.

이내 다른 생각이 들었다.

단엽보다 더욱 위협적일 수 있는 존재가 눈에 들어왔으니까.

그것이 바로 백아린이었다.

십천야인 주란을 꺾고, 반조조차도 인정할 정도의 실력자. 믿기 어려웠지만 우내이십일성 중 한자리를 차지해도 이상할 것 없는 무인임이 분명했다.

거기다가 적화신루라는 단체를 통해 천무진의 눈과 귀가 되어 주는 이가 바로 이 백아린이다.

단엽을 제거하는 것이 팔 하나 정도라면, 이 여인은 팔에다가 눈과 귀까지 없애는 효과나 다름없었다.

지금 천무진 일행들 중에 가장 큰 조력자일 수도 있는 백아린을 가질 수 있다면 이번에 단엽을 죽일 기회를 놓친 것 정도는 전혀 아쉽지 않았다.

더군다나 백아린이라는 이 여인은 무척이나 뛰어난 미모를 지녔다.

무인으로서의 욕심뿐만이 아니라, 추잡한 욕망까지 채워줄 수 있는 그런 보물이었던 것이다.

십천야 내에서도 최고의 자리에 오르고 싶다는 욕심이 있는 자운으로서는 실로 매력적인 인물이었다.

굳이 천무진의 일을 뺀다 해도 그녀만 손에 넣는다면 최고의 자리에 오르는 데 큰 도움이 될 것이 분명했으니까.

하지만…….

고민조차 하지 않고 백아린이 답했다.

"제안은 감사하지만 그렇게는 못 할 것 같네요. 전 천룡성을 위해 움직이고 있어서요. 그것만으로도 시간이 빠듯하거든요."

거절을 할 거라는 건 어느 정도 예상했던 바다.

하지만 이렇게 매몰찰 정도로 빠르게 거절의 의사를 밝힌 건 다소 예상 밖이었다.

'우선은 물러나야겠군.'

그저 욕심만으로 해결할 수 있는 일이 아님을 알기에 자운은 우선 한 발 뒤로 물러나기로 결정을 내렸다. 당장에는 백아린과 어느 정도 인연을 만들어 둔 것만으로 만족해야 했다.

이 보 전진을 위한 일 보 후퇴.

그것이 필요한 때였으니까.

"……아쉽게 됐군요."

"네, 그럼 아까 말씀드린 대로 지부를 통해 사람을 보내드리도록 할게요."

"그렇게 해 주십시오. 그럼 시간도 많이 빼앗아 휴식을 방해한 것 같은데 전 이만 물러가도록 하겠습니다."

말을 마친 자운이 자리에서 성큼 일어섰다.

마찬가지로 자리에서 일어나 인사를 건네려는 백아린을 향해 자운이 입을 열었다.

"혹시 마음이 바뀌시면 언제든 말씀 주시지요. 절 도와주신다면 훗날 제가 높은 자리에 오르게 되는 그때 더욱 큰 걸 쥐여드릴 생각이니까요."

의미심장한 표정으로 던진 그 말.

백아린이 그런 그를 향해 말했다.

"그 높은 자리라는 게…… 무림맹주의 자리를 말하는 건가요?"

"글쎄요."

자운은 애매한 표정을 지어 보였다.

자신이 지닌 생각을 굳이 드러내고 싶지 않아서였다.

무림맹주 자리를 노린다는 사실은 공공연한 비밀.

굳이 답하지 않아도 이야기를 한 것이나 진배없었다.

말을 끝낸 자운이 포권을 취해 보였다.

"다음엔 더 좋은 인연으로 뵙지요."

"살펴 가세요."

말과 함께 백아린 역시 포권으로 답했다. 짧은 인사를 주고받은 자운은 곧장 몸을 돌려 걸어 나갔고, 그가 사라진 빈자리를 응시하던 그녀가 천천히 의자에 걸터앉았다.

그리 길지 않은 시간 주고받았던 대화들.

방금 전까지 자운이 앉아 있던 자리를 바라보던 백아린이 나지막이 중얼거렸다.

"내 생각보다 훨씬…… 위험한 사람이네."

백아린을 두고 몸을 돌려 나온 자운은 어느 정도 거리가 멀어졌을 무렵에야 발걸음을 멈췄다. 그가 힐끔 뒤편으로 시선을 돌려 백아린이 있는 거처를 응시했다.

'뻣뻣하긴.'

몇 번이고 호의를 보이며 친분을 쌓아 가려 했다.

그렇지만 그때마다 백아린은 벽을 세운 채로 답했고, 그로 인해 예상보다 빠르게 그녀와의 만남을 종료해야 했다.

'언제까지 그리 나올 수 있을지 어디 한번 보자.'

백아린의 도도한 시선을 떠올리자 그게 자신의 것이 되

는 상상 또한 덩달아 치솟았다.

그 쾌감이 얼마나 자극적일지 생각하는 것만으로도 자운의 입꼬리가 올라갔다.

다시금 걸음을 옮기기 시작한 그가 슬그머니 입을 열었다.

"점점 더 욕심이 난단 말이지."

그녀의 가치를 몰랐을 때면 모를까, 그것이 얼마나 매력적인지 알아 버린 지금…….

자운은 포기할 수가 없었다.

* * *

천무진과 조수아 두 사람은 마주한 채로 잠시 아무런 대화도 하지 않았다.

어떻게 대화를 시작해야 하나 고민하던 조수아가 결국 먼저 입을 열었다.

"어느 정도 아는 것 같으니 괜히 돌리지 않고 말할게요. 당신의 사부님을 만나고 싶은데 어디 가면 볼 수 있죠?"

"모릅니다."

"모른다고요?"

"저도 못 뵌 지 꽤 됐습니다. 현재 운행을 떠나셨고, 먼저 모습을 드러내시기 전까지 찾는 건 거의 불가능하다고 보시면 됩니다."

"어떻게 만날 수 있는 방법이 없을까요?"

"네, 없습니다."

너무 딱 잘라 말하는 천무진의 말투 때문일까?

잠시 그를 살펴보던 조수아가 물었다.

"저에 대해서는 어떻게 알았죠? 그분이 말해 주시진 않았을 것 같은데."

"맞습니다. 사부님은 이런 이야기를 직접 하실 분이 아니죠. 어쩌다 보니 알게 됐습니다."

저번 생의 기억이 있기에 알 수 있는 사실.

허나 그것을 밝힐 수는 없었기에 천무진은 어쩌다 보니 알게 됐다는 식으로 이야기를 둘러댔다.

화산옥녀 조수아.

그녀는…… 천운백이 사랑한 유일한 여자였다.

그리고 그랬기에 천운백을 죽게 만든 여자이기도 했다.

그런 그녀가 눈앞에 있다.

비록 사사로운 감정은 전혀 없었지만 천무진은 조수아가 불편할 수밖에 없었다. 그리고 솔직한 심정으로 천운백과 조수아가 만나기를 바라지도 않았다.

왠지 모르게 두 사람이 다시 만나게 된다면 그때의 그 운

명이 반복될 것만 같아서.

만날 수 있는 방법이 없다는 말에도 쉽사리 포기하기 어려웠는지 그녀가 재차 물었다.

"정말로 방법이 없는 건가요?"

"정말 없습니다."

"……그렇군요."

말을 끝낸 조수아는 잠시 자리에 앉아 말없이 천장을 올려다봤다. 무척이나 복잡한 표정, 그리고 동시에 슬픔이 가득 느껴지는 얼굴이었다.

천무진이 말했다.

"하실 말씀이 더 없으시다면 이만 자리를 끝내도록 하죠. 사부님을 뵙게 되면 당신을 뵈었다고 전해드리겠습니다."

"고마워요."

"그럼."

말을 마친 천무진은 자리에서 일어나 그녀가 나갈 수 있도록 거처의 문을 열어 줬다.

그런 그의 모습에 조수아가 지그시 입술을 깨물었다.

순간적인 고민들.

하지만 이내 결단을 내린 그녀가 서둘러 소리쳤다.

"잠시만요!"

자신을 불러 세우는 조수아의 목소리에 천무진이 멈칫했을 때였다. 잠시 망설이던 그녀가 이내 옷 속에 손을 집어넣더니 무엇인가를 꺼내어 들었다.

그건 색이 바랜 비단이었다.

비단을 든 채로 천무진을 향해 성큼 다가선 조수아가 그걸 내밀며 말했다.

"이 안에 서찰이 들어 있어요. 그분께 이걸 전해 주세요."

색이 바래 버린 비단 안에는 서찰이 들어 있었고, 조수아는 그걸 천운백에게 전해 주기를 바란 것이다.

그녀가 건네는 비단에 싸인 서찰을 받아 든 천무진은 단번에 알 수 있었다.

이 서찰을 쓴 것이 오늘이 아닐 거라는 걸.

바래 버린 비단, 거기다 오랜 시간 지속된 듯한 구김까지. 마치 오랫동안 품 안에 간직해 두고 있었던 것만 같은 모양새였다.

결국 천무진은 그 서찰을 든 채로 고개를 끄덕였다.

"알겠습니다. 전하도록 하죠."

"신세를 지네요. 미안해요."

"아닙니다."

"그럼 이만."

짧게 인사를 마친 조수아는 더는 망설이지 않고 방을 빠져나갔다. 그렇게 혼자만 남게 된 천무진은 방문을 닫고는 다시금 자리에 앉았다.

그는 자신의 손에 들린 비단을 지그시 바라봤다.

"후우."

깊은 한숨이 몰려나왔다.

조수아가 전해 달라 부탁한 이 서찰.

하지만 과연 이 서찰을 전하는 것이 옳은 것일까?

만약 그렇게 그녀와 얽히게 되면서 다시금 저번 생에서처럼 사부가 죽는다면?

와락!

생각이 거기까지 미치자 천무진은 서찰을 당장이라도 찢을 듯 꽉 움켜쥐었다.

비단이 뭉개지며 덩달아 안에 있는 서찰 또한 구겨졌다. 손에 조금만 더 힘을 주면 찢겨져 나갈 한 장의 서찰.

하지만…….

모르겠다.

과연 무엇이 옳은 것인지.

움켜쥐었던 힘을 푼 천무진은 이내 구겨진 비단 안에 들어 있을 서찰을 조용히 품 안으로 집어넣었다.

*　　*　　*

마교 인근에 위치한 남루한 초옥.

평범하기만 한 초옥의 마당에는 커다란 평상 하나가 있었는데, 그 위에는 늙은 노인 하나가 코를 골며 잠을 자고 있었다.

비쩍 마른 몸에 꽤나 주름진 얼굴은 그가 제법 나이가 많이 들었음을 말해 주고 있었다.

새카만 흑의를 둘러 입은 그의 옆에는 밤새 먹은 술상만이 함께 자리하고 있을 뿐이었다.

그렇게 잠들어 있는 노인의 얼굴에 갑자기 새카만 그림자가 드리워졌다.

코를 골며 자고 있던 노인은 꿈틀했다.

여전히 눈을 감은 상태로 노인은 나지막이 입을 열었다.

"누군지 모르겠지만 오늘은 쉬는 날이니 냉큼 꺼지거라."

"허허, 말투는 여전하군."

들려오는 목소리를 듣는 순간 노인이 미간을 팍 찡그렸다.

그러고는 이내 그가 입을 열었다.

"젠장, 이 듣기 싫은 목소리라니. 제발 아니어야 할 터인데."

말과 함께 평상 위에 누워 있던 노인이 슬그머니 눈을 뜨다가 이내 손으로 자신의 얼굴을 감쌌다.

자신이 생각했던 그 상대가 눈앞에 있었으니까.

그러자 이곳에 나타난 인물이 입을 열었다.

"오랜만에 만난 지기를 이리 박대할 생각인가?"

"지기는 무슨! 이 망할 놈이 여긴 또 무슨 일이야?"

말과 함께 노인이 자리에서 벌떡 일어났다.

그런 노인의 앞에 자리한 인물.

그는 바로 의선이었다.

그리고 지금 툴툴거리고 있는 이 노인의 정체가 바로 의선과 함께 중원을 대표하는 의원인 마교의 마의(魔醫)였다.

천무진에게서 의뢰를 받았던 의선은 곧바로 마의를 만나기 위해 움직였었고, 이렇게 그와 마주하게 된 것이다.

마의의 옆자리에 착석한 의선이 특유의 부드러운 말투로 이야기를 꺼냈다.

"잘 지냈는가? 그사이에 많이 늙었군그래."

"마지막으로 본 게 육칠 년은 족히 되었는데 당연한 소리를. 그런데 여기까지는 웬일이야?"

이곳은 마교의 영역이다.

오랜 시간 은거하고 있던 의선이 나타날 만한 장소가 아니었다.

그렇다면 이유는 하나.

바로 자신을 만나기 위함이리라.

어느 정도 예상을 하고 있던 마의의 질문.

의선이 답했다.

"웬일은. 당연히 자넬 보러 왔지."

"음흉한 영감탱이가 그냥 날 보러 온 건 아닐 테고…… 뭔 일인데?"

오랜 시간 알아 온 사이여서일까?

마의는 굳이 이야기를 듣지 않고도 의선이 뭔가 이야기할 것이 있다는 걸 눈치채고 있었다.

그런 그를 보며 의선이 허허롭게 웃었다.

"자네는 역시 못 이기겠군. 맞아, 부탁할 일이 있어서 왔네."

"난 보시다시피 엄청 바쁘다고. 영감탱이처럼 한가한 사람이 아냐."

"그리 바쁜 사람이 밤새 술이나 퍼마셨는가."

"이거야 오랜만의 휴식이지."

둘러대는 마의를 가만히 바라보고 있던 의선이 천천히 입을 열었다.

"적면신의가 자모충을 가지고 어린아이들을 상대로 인체 실험을 했다더군. 그 대상이 된 아이들 대부분이 죽었고."

"……그 미친 새끼가 결국 사고를 쳤군."

낮게 가라앉은 목소리.

크게 감정이 드러나는 음성은 아니었지만, 의선은 잘 알고 있었다. 이것이 마의가 진짜 화가 났을 때의 모습이라는 걸.

마교에 몸담고 있지만, 마의는 의원이다.

사람의 생명을 무엇보다 우선시하는 그런 인물이라는 거다. 하물며 어린아이라니? 어찌 인간의 탈을 쓰고 그런 짓을 벌일 수 있단 말인가.

애써 화를 내리누르던 마의가 이내 물었다.

"몇 명이나 죽었지?"

"최소 수천이라더군."

말을 끝낸 의선은 씁쓸함을 참기 어려웠는지 옆에 굴러다니던 술병을 들어 안에 남은 술을 입에 털어 넣었다.

그리고 그 말을 들은 마의의 표정은 굳어 있었다.

수천?

몇 명이라고 해도 화가 치솟는 이 마당에 수천이라고?

마의가 갑자기 히죽 웃으며 입을 열었다.

"적면신의 그 새끼 어디 있대?"

"그건 왜?"

"왜긴. 찾아서 똑같은 짓이라도 해 주려고."

"이미 무림맹에 넘겨진 모양이야."

"아쉽네. 마교로 왔어야 했는데. 그럼 내가 놈의 신체를 조각조각 내 줬을 텐데 말이야."

웃으며 말하고 있었지만 마의에게서는 살기가 풀풀 풍겨져 나왔다.

잠시 화를 삭이던 그가 말을 이었다.

"그래서? 그걸 말해 주려고 온 건 아닐 테고. 날 찾아온 이유가 뭔데?"

"자모충과 또 함께 실험하던 몽혼약의 해약을 만들 생각이네. 거기에 자네 힘이 필요해."

"무림맹의 부탁이야?"

"아닐세."

"그럼?"

"천룡성의 의뢰야."

"……그들이 나왔군."

무림이 혼란해질 때 모습을 드러내 모든 것을 매듭짓는 전설적인 문파. 그들이 정말 긴 시간 만에 무림에 모습을 드러낸 것이다.

천룡성의 존재가 나타난 것에 대해 소문이 나고 있었지만, 마의는 아직까지 그 사실을 알지 못했다.

세상이 돌아가는 것에 큰 관심도 없었고, 의방에서 하루의 대부분을 보내는 마의로서는 그 같은 정보를 접할 기회가 많지 않았다.

의선은 이내 품에서 뭔가를 꺼내어 들었다.

다름 아닌 백아린에게서 건네받았던 정체불명의 몽혼약이 들어 있는 가죽 주머니였다.

의선은 그 가죽 주머니를 옆에 있는 마의에게 내밀었다.

얼결에 그걸 받아 든 마의가 물었다.

"이게 뭐야?"

"풀어 보게. 아까 말한 몽혼약이야. 사람을 꼭두각시처럼 움직이게 만든다더군."

아주 잠깐이지만 마의의 눈에 호기심이 스쳐 지나갔다. 궁금증을 참기 어려웠는지 그가 재빠르게 가죽 주머니를 열어 안의 내용물을 살폈다.

잠시 눈으로 주머니 안에 들어 있는 하얀 가루를 바라보던 마의가 물었다.

"이것에 대해 아는 게 뭔데?"

"방금 말한 것 외에는 자모충의 효과를 극대화시킨다는 정도야."

"정보가 너무 없군."

"그러니 자네를 찾아왔지. 나 혼자선 힘들 것 같아서."

의선의 말에 마의는 고개를 끄덕거렸다.

말대로 이 가루의 정체를 알아내는 건 그리 간단해 보이지 않았다.

마의는 머리를 벅벅 긁었다.

새로운 것에 대해 알아보는 건 호기심이 많은 마의에게는 무척이나 구미가 당기는 일이었다.

그가 괜스레 투덜거렸다.

"망할 놈의 영감탱이. 항상 귀찮은 일을 가지고 오는군."

"그래서 돕지 않을 생각인가?"

마의의 성격을 잘 아는 의선이 의미심장한 표정을 지어 보이며 물었다.

그리고 그의 예상대로였다.

마의가 무슨 말도 안 되는 소리냐는 듯한 표정으로 씩 웃었다.

"언제부터 시작할까?"

* * *

천무진 일행은 화산파에서 삼 일간 머물며 전력을 정비했다. 다쳤던 상처도 치료했고, 다시 무림맹이 있는 사천성 성도로 돌아가는 길에 필요한 것들도 준비했다.

화산파 장문인 양우조의 도움으로 모든 건 일사천리로 마무리 지을 수 있었다.

그렇게 준비가 끝이 났고, 내일은 이곳 화산파를 떠날 테니 화산파에서 보내는 마지막 날 밤.

저녁 식사까지 끝내고 잠시 침상에 누워 휴식을 취하고 있던 백아린은 입구 쪽에서 들려오는 인기척에 고개를 돌려 그곳을 응시했다.

그리고 이내 멈춘 발걸음.

문 건너에서 목소리가 흘러나왔다.

"일어나 있어?"

설마 또 자운이 찾아온 건가 하던 백아린은 천무진의 목소리임을 확인하고는 자리에서 벌떡 일어났다.

그녀가 성큼 다가가 문을 벌컥 열었다.

열린 문 너머에서는 팔짱을 낀 채로 서 있는 천무진이 자리하고 있었다. 백아린은 그런 그를 향해 눈을 동그랗게 뜬 채로 물었다.

"어라? 뭐 급한 일 있어요?"

"특별한 일이 있는 건 아니고. 잠시 시간 괜찮아?"

"당연히 괜찮죠. 들어올래요?"

백아린의 말에 잠시 방 내부를 바라보던 천무진이 이내 손가락으로 뒤편을 가리키며 말을 받았다.

"하루 종일 방 안에만 있어서 답답한데, 나갈까?"

"저야 좋죠."

며칠을 푹 쉬긴 했지만 그만큼 지루한 것도 사실.

거처를 산책하는 것 정도겠지만 그걸로도 좋은지 백아린은 크게 고개를 끄덕였다.

천무진이 옆으로 슬쩍 비켜서서 길을 만들어 주자 백아린은 성큼 바깥으로 한 걸음 내디뎠다. 그녀가 문을 닫고는 밝게 웃었다.

"그럼 갈까요?"

"그러지."

말을 마친 두 사람은 거처의 바깥으로 걸음을 옮겼다. 워낙 신경을 쓰고 거처를 배정해 준 탓에 장원은 무척이나 아름답고 컸다.

굳이 화산파 무인들을 만나지 않게 자신들의 거처를 도는 것만으로도 충분히 산책이 될 정도였다.

이미 해가 지고 어두워진 밤.

하지만 하늘에 떠 있는 보름달은 밝았고, 또 별들도 가득했다. 거기다가 거처 곳곳에 걸려 있는 화등(火燈) 덕분에 그리 어둡다는 느낌은 들지 않았다

나란히 걸으며 백아린이 말했다.

"사실 또 자운 대협이 찾아온 줄 알고 식겁했는데 당신

이라 다행이네요."

화산파에 머물던 삼 일이라는 시간 동안 백아린은 자운의 방문을 두 번이나 받아야 했다.

처음 찾아와 의뢰의 뜻을 내비쳤고, 그다음엔 사적으로 나타나 괜히 차를 마시고 사라졌다. 그 두 번의 만남을 천무진 또한 이미 알고 있었기에 그녀가 하는 말뜻을 단번에 알아들을 수 있었다.

천무진이 고개를 저으며 말했다.

"그자가 무슨 생각으로 그런 건지 모르겠군."

"그러게요. 이득 없는 행동을 할 사람은 아닌 것 같은데 말이죠."

자운이 의뢰를 하겠다고 나타났을 때 알았다.

생각보다 위험한 느낌을 풍기는 자라는 걸.

그랬기에 계속된 호의가 백아린은 오히려 좋지 않게 느껴졌다.

천무진이 말했다.

"앞으로 또 나타나서 귀찮게 굴면 신호라도 보내. 내가 곧장 가 줄 테니까."

"와서 어떻게 해 주게요?"

"뭐, 해 줄 게 있나. 그냥 내가 모습을 드러내기만 해도 그쪽이 불편해서 먼저 사라질걸. 그때도 그랬잖아."

"킥킥, 그건 그러네요."

백아린이 웃으며 답했다.

두 번째 찾아왔던 날, 자운으로 인해 상당히 귀찮았지만 뭔가 계속 이야기를 이어 나가는 바람에 곤란했던 상황.

그때 천무진이 나타나 줬고, 그러자 자운은 바람처럼 빠르게 사라졌다.

아마도 천무진이라는 존재가 불편한 듯싶었다.

잠시 이야기를 나누며 걷던 도중 천무진이 눈앞에 있는 정자를 발견하고 말했다.

"잠시 저기로 가지."

말을 마친 그는 연못 한가운데 위치한 정자를 향해 걸음을 옮겼다. 그렇게 두 사람이 도착한 정자는 그리 크지는 않았지만 깔끔하고 아름다웠다.

정자의 난간에 기대어 앉은 백아린이 아래에 있는 연못을 내려다보며 말했다.

"와, 며칠을 지냈는데 여기는 처음 와 보네요."

감탄하는 그녀의 옆으로 다가간 천무진이 마찬가지로 난간에 걸터앉았다. 그녀가 바라보는 연못을 함께 바라보던 천무진이 슬쩍 입을 열었다.

"내일이면 다시 돌아가겠군."

"그러게요. 좀 급하게 움직이긴 했지만 그래도 이것저것 소득이 있긴 했어요. 그죠?"

"고생 많았어. 이번에도 신세를 많이 졌네."

"신세는요. 당신이 함께해 주는 것만으로도 적화신루에게는 이득인데요."

무림의 전설인 천룡성이 적화신루를 선택했다는 것만으로도 이미 충분한 홍보 효과를 보고도 남았다. 거기다가 생각지도 못한 일을 알게 되며 그것에 관련된 정보들도 모조리 끌어모으고 있는 상황.

그로 인해 얻게 될 금전적 이득도 상당하다.

처음엔 분명 천무진도 그거면 됐다 생각했다.

자신으로 인해 적화신루도 얻을 것이 있으니, 서로에게 고마움을 느낄 이유는 없을 거라고.

그런데 언제부터인지 백아린은 자신이 생각했던 그 이상의 많은 것들을 해 주고 있었다. 부탁한 의뢰뿐만이 아닌 천무진을 위해 스스로 판단하고 행하는 그 모든 것들.

덕분에 몇 번이고 위기를 넘겼고, 또 자신의 계획을 지켜내 줬다. 아마 이 여인이 없었다면 이번 생을 바꾸려고 했던 자신의 계획은 이미 실패했을지도 몰랐다.

그런 그녀에게 어찌 고마움을 느끼지 않을 수 있으랴.

그랬기에 천무진은 자신도 백아린에게 무엇인가 해 주고 싶었다.

천무진이 여전히 난간에 기댄 채로 슬그머니 입을 열었다.

"주고 싶은 게 하나 있어서."

"뭔데요?"

난간 아래에 있는 연못을 살펴보고 있던 백아린이 시선을 돌리며 묻는 그 순간 천무진이 품 안에 넣어 왔던 서책 하나를 꺼내어 건넸다.

꽤나 두꺼운 서책을 건네받은 그녀가 농담하듯 말했다.

"이 안에 일거리를 잔뜩 적어서 전달하는 건 아니죠?"

웃으며 서책을 펼치던 백아린의 표정이 갑자기 굳어졌다. 그녀가 놀란 듯 눈을 치켜뜨며 앞에 있는 천무진을 올려다봤다.

백아린이 놀란 목소리로 말했다.

"설마 이거……."

말을 내뱉는 그녀의 목소리가 가볍게 떨려 왔다.

그만큼 놀랐으니까.

그런 그녀를 향해 천무진이 답했다.

"맞아, 잔마폭멸류야."

잔마폭멸류.

과거의 삶에서 천무진을 망가트려 버렸던 바로 그 무공. 그만큼 자신에게는 독이었지만 백아린에겐 달랐다.

그녀는 검왕 한신의 제자. 그리고 잔마폭멸류의 창시자

인 풍운무정검의 무공을 이은 인물이었다.

백아린은 말했었다.

문파의 무공을 완성시키기 위해 사라진 잔마폭멸류를 오랜 시간 찾았다고. 처음 그 말을 들었을 때부터 천무진은 이 무공을 백아린에게 건네주는 것이 어떨까 생각했다.

그녀가 오랜 시간 찾았던 무공.

흔적조차 찾지 못하고 있는 그 무공이 천무진의 머릿속에 있었으니까.

그랬기에 어느 날부터인가 서책에 잔마폭멸류를 정리하기 시작했다. 거의 원본 그대로의 내용을 천천히 적어 내려갔다.

하지만 여유 시간이 많지 않아 생각보다 작업이 더뎠던 상황. 그러다 이곳 화산파에 와서 며칠을 쉬는 사이에 결국 이 서책을 완성시킬 수 있었다.

백아린이 서책에 적힌 글씨를 뚫어져라 바라보다 이내 물었다.

"이거 직접 적은 거예요?"

"응, 생각보다 양이 많아서 좀 걸렸어."

"……."

그녀는 어떤 말을 해야 할지 선뜻 답을 찾지 못했다. 무인에게 무공이란 세상 그 어떠한 것보다 가치가 있다.

하물며 그것이 이런 고강한 무공이고, 또 자신이 속한 문파에서 소실되어 오랜 시간 찾던 그런 종류의 것이라면 그 어떠한 일확천금과도 비견할 수 없는 물건이었다.

그뿐만이 아니었다.

자신을 배려해 이렇게 손수 잔마폭멸류를 비급으로 적어 줬다는 사실에 그녀는 더욱 기뻤다.

서책을 천천히 덮은 그녀가 손바닥으로 겉면을 어루만졌다.

소중한 걸 만지는 것처럼 서책을 쓸어내리는 그녀를 지그시 바라보던 천무진이 물었다.

"맘에 들어?"

백아린은 서책을 꼭 끌어안고는 고개를 마구 끄덕였다.

고마웠다.

이런 무공을 서슴없이 내준 것도, 자신을 생각해 준 그 마음도.

서책을 품에 꼭 안은 그녀가 활짝 웃었다.

"……소중히 간직할게요."

2장. 봉합인
— 어디서 온 거지

길었던 섬서성에서의 여정.

검산파와 화산파를 오가며 나름 많은 일들이 있었던 이번 일정이 마무리되었다. 마지막 목적지였던 화산파에서 천룡성의 사천 비밀 거점까지의 거리는 꽤나 되었고, 그로 인해 돌아오는 데도 적잖은 시간이 소요됐다.

그렇게 먼 거리를 돌아와 마침내 비밀 거점의 앞에 천무진 일행이 모습을 드러냈다.

말 위에 거의 엎드리다시피 자리하고 있던 한천이 조금씩 모습을 드러내는 거점을 발견하고는 입을 열었다.

"아이고, 드디어 보이네. 며칠은 꼼짝도 안 하고 쉴 테니

절대 방해하지 마십쇼, 대장."

긴 여정에 무척이나 지쳐 보이는 모습으로 며칠은 푹 쉴 거라고 다짐하는 한천에게로 다가간 백아린이 손바닥으로 그의 등짝을 소리 나게 내리쳤다.

짝!

"으앗!"

말 위에서 껑충 날아오를 듯 튀어 올랐던 한천이 이내 자신의 등을 마구 어루만지며 죽는소리를 이어 나갔다.

"어휴 등짝이야. 왜 때리고 그러십니까?"

"그렇게 힘든 사람이 어제 몰래 빠져나가서 밤늦게까지 그렇게 술을 퍼마셨데? 그것도 환자를 데리고?"

"흠흠."

핵심을 짚고 들어오는 백아린의 한마디에 한천은 어설픈 기침을 해 댔다. 그러고는 슬쩍 뒤편에 자리하고 있는 단엽에게로 시선을 돌렸다.

마치 너도 뭔가 말 좀 해 보라는 듯이 말이다.

단엽은 자신에게로 향하는 한천의 시선을 알면서도 괜히 모르는 척 딴청을 부렸다.

괴물 같은 회복력 덕분에 나환위와 싸우며 입었던 외상과 내상의 상당 부분이 나아지긴 했지만 그래도 아직은 안정을 취해야 할 때.

그런데 그런 단엽이 어젯밤, 한천과 몰래 빠져나가 늦게까지 술판을 벌이다가 들통이 나 버린 것이다.

천무진과 함께 들이닥쳤던 백아린의 모습을 떠올리며 단엽은 고개를 절레절레 저었다.

'하여튼 보통 여자가 아니라니까.'

어떻게 알아냈는지 외곽에 있는 기루에 정확하게 나타난 그녀는 술을 마시고 있는 두 사람을 끌고 객잔으로 돌아갔었다.

덕분에 아까운 술을 꽤나 많이 남기고 돌아오긴 해야 했지만…….

처음엔 백아린에게 쩔쩔매는 한천을 이해하지 못했었다. 그런데 이제는 왠지 모르게 그때 한천이 왜 그랬는지 알 것 같은 느낌도 들었다.

한천의 시선을 피하던 단엽은 이내 허리를 펴며 저 멀리 모습을 드러낸 자신들의 거점을 바라봤다.

처음엔 무척이나 낯설었던 곳.

하지만 이곳으로 돌아왔다는 것만으로도 푹 쉬겠구나 하는 생각이 절로 드는 걸 보면 이제는 이 천룡성의 비밀 거점이 어느 정도 집처럼 느껴지는 모양이었다.

단엽은 뭔가 말을 하려는 한천의 모습을 눈치채고는 괜히 더 빠르게 움직이며 입을 열었다.

"빨리들 가자고!"

말과 함께 단엽이 재빨리 말을 몰며 멀리에 있는 거처를 향해 내달렸다.

그리고 그런 그를 한천이 빠르게 뒤쫓으며 소리쳤다.

"치사하게 혼자 도망치냐?"

그렇게 누가 먼저라고 할 것도 없이 거처로 내달리는 두 사내의 뒷모습을 보며 백아린은 기가 막힌다는 듯 중얼거렸다.

"이럴 때 보면 참 죽이 잘 맞는다니까."

"그러게. 대화조차 잘 안 하던 처음 모습이 이제는 기억도 안 날 정도야."

"그죠?"

옆에 자리한 천무진의 말에 백아린이 피식 웃으며 답했다.

단엽이 습격을 당했던 그날, 그때 이후로 두 사람의 관계는 놀라울 만큼 크게 달라졌다.

마치 오래된 죽마고우처럼 붙어 다니는 두 사람.

멀어져 가는 둘의 뒷모습을 바라보던 천무진이 이내 옆에 있는 백아린을 향해 슬쩍 시선을 돌렸다.

그가 나지막이 중얼거렸다.

"……달라진 건 저 두 사람뿐만이 아닌가."

"네?"

"아냐, 아무것도."

말을 마친 천무진은 말고삐를 강하게 움켜쥐었다.

그가 짧게 소리쳤다.

"이랏!"

외침과 함께 말은 거점을 향해 나아갔고, 그 뒤를 백아린 또한 놓치지 않고 뒤따랐다.

*　　*　　*

"식사는 어떠십니까?"

천룡성의 가솔인 남윤이 다가오며 물었다.

커다란 뼈가 달린 고기를 손으로 든 채 뜯어 먹던 단엽이 엄지를 들어 올렸다.

"최고야, 영감."

"남 영감님의 음식은 언제나 좋군요."

마찬가지로 허겁지겁 식사를 해 대던 한천 또한 칭찬의 말을 던졌다.

오랜 시간 천룡성의 잡무를 맡아 온 남윤은 여러 가지 부분에서 뛰어난 재능을 지니고 있었는데, 그중 으뜸은 역시나 요리 실력이었다.

어지간히 입맛이 까다로운 이들조차도 단번에 사로잡을 정도로 맛있는 음식들이었다.

두 사람의 칭찬에 남윤이 기분 좋게 웃으며 말했다.

"허허, 부끄럽습니다."

"부끄럽긴. 천룡성 소속만 아니면 당장이라도 대홍련으로 납치해 가고 싶을 정도라니까? 영감이 원하면 내가 대홍련에 자리 하나 정도는 마련해 줄 수 있는데. 이 기회에 갈아타 보는 건 어때?"

단엽이 장난스럽게 말했고 남윤은 그런 그를 향해 손사래를 치며 답했다.

"어휴, 전 이곳에 있어야지요. 여기가 저의 집입니다."

"거, 사람이 너무 좋기만 해도 못 쓴다고."

단엽이 손에 쥔 음식을 먹으며 말을 이어 가던 그때였다. 옆에서 조용히 식사를 하고 있던 백아린이 물었다.

"천룡성에 몸담은 지 오래신가 봐요?"

"……꽤 됐지요?"

정확히 시기조차 기억이 나지 않는지 남윤이 웃으며 말을 흘렸다.

그만큼 오랜 시간 이곳 천룡성의 일원으로 살아가며 천운백과 천무진의 뒷바라지를 해 왔던 그다.

남윤은 식사를 하고 있는 천무진을 향해 말을 이었다.

"씻으실 따뜻한 물도 준비해 두었습니다. 식사 마치시고 여독을 좀 푸시지요."

"고마워, 영감."

"고맙긴요. 제 일이지요."

"아, 그런데 사부님한테서 연락은 아직도 없어?"

"아쉽게도요."

"그래? 생각보다 길어지시는군."

말을 하며 천무진은 손에 쥔 젓가락을 가볍게 어루만졌다. 사실 크게 내색하지 않을 뿐이지 천무진의 마음은 다소 조급했다.

뭔가 그들에게 점점 다가가고 있는 느낌은 들었지만 지금 자신의 실력만으로는 불안했기 때문이다.

이미 천하제일인이 되었던 경험 덕분에 믿을 수 없을 정도로 빠른 발전을 하고 있는 건 사실이다. 그렇지만 그것에도 한계는 있었다.

그 이유는 그가 아직 천룡성의 무공인 천룡비공을 완벽히 알지 못하기 때문이다.

이미 천무진은 자신이 아는 한도 내에서는 천룡비공의 거의 모든 걸 익힌 상황이었다. 그로 인해 천하에 적수가 몇 없다 자부할 정도로 뛰어난 실력을 지니게 된 건 사실이지만…… 상대가 상대니만큼 이것만으로 만족할 순 없었다.

냉정하게 지금의 자신을 평가하면 아직까지 저번 생에서 이룬 경지에 도달하지 못하고 있었다.

그러니 나머지 천룡비공을 배우지 못하는 이상 한계는 분명 찾아오고 말 것이다.

과거에 그만큼 강해질 수 있었던 이유는 마공에 손을 댄 탓이고, 그로 인해 끔찍한 고통을 겪지 않았던가. 그때와 같은 길을 걸을 수 없는 지금, 비약적인 발전을 위해서는 나머지 천룡비공이 필요했다.

그리고 그걸 아는 유일한 사람.

그것이 바로 사부였다.

식사를 멈추고 상념에 잠겨 있는 천무진을 향해 남윤이 다독이듯 말했다.

"백방으로 연락을 주실 수 있도록 흔적을 남겨 두었으니 때가 되면 찾아오시겠지요."

"……지금으로선 그 수밖에 없나."

직접 모습을 드러내기 전까진 찾을 방도가 없는 상대니만큼 그저 기다리는 것밖에 도리가 없었다.

천무진 본인이 원하는 경지에 도달하지 못해 답답한 마음이 없잖아 있긴 했지만 그나마 다행인 점이 하나 있었다.

천무진이 스윽 주변을 둘러봤다.

시끌벅적하게 음식을 먹고 있는 단엽과 한천의 모습, 그리고 한쪽에서 식사를 멈춘 자신을 바라보고 있는 백아린까지도.

바로 이들이다.

저번 생엔 없었던 이 세 사람.

이들이 있기에 자신의 모자람을 채울 수 있었다.

그 사실에 조금 마음이 편해진 천무진이 이내 입을 열었다.

"영감 말대로 식사들 하고 오랜만에 푹 쉬어. 검산파에 화산파까지 정신없는 일정이었지만 그래도 원래 계획대로 잘 마무리됐고. 추후에 뭘 하게 될지는 모르겠지만 잠깐은 여유가 있을 것 같으니까."

십천야의 뒤를 쫓는 일은 당분간 소강상태가 될지도 모른다. 이제부터 중요한 건 그동안 얻은 단서들을 조사하고, 그들을 더욱 옥죄어 나가는 일이다.

그러기 위해서는 의선의 활약이 필수였다.

그에게 의뢰한 것들에 대한 조사가 되어야 했고, 거기다 이번에 검산파에서 얻게 된 붉은 보석에 대해서도 조금 더 알아볼 생각이었다.

푹 쉬라는 말에 한천이 눈을 빛내며 말했다.

"이야, 이게 얼마만의 휴식이랍니까."

"언제 또 이렇게 쉴 수 있을지 모르니 지금 후회 없을 정도로 쉬어 두는 게 좋을 거야."

"걱정 마시죠. 노는 건 자신 있거든요."

한천이 자신의 가슴을 두드리며 호언장담했다.

허나 한천은 알지 못했다.

길 거라고 생각했던 그 휴식 시간이…… 얼마 남지 않았다는 사실을.

천룡성의 비밀 거점에서 하루를 푹 쉰 백아린은 이튿날 날이 밝기 무섭게 자리를 박차고 일어났다.

오후에는 개인적인 시간을 갖고 싶었기에 일찍 적화신루에 다녀올 계획이었던 것이다.

항상 이것저것 바쁜 백아린이지만 최근 들어 또 하나의 업무가 생겼다.

그건 바로 천무진에게 받은 무공인 잔마폭멸류(殘魔爆滅流)를 익히는 것이었다.

여태까지는 계속 움직이느라 수박 겉핥기 식으로밖에 익히지 못했지만, 이제는 어느 정도 여유가 생겼기에 제대로 이 무공을 습득하려 하고 있었다.

이미 기본적인 부분은 모두 머리에 들어가 있는 상태. 이제는 실제로 시간을 들여 그것을 습득하는 것만이 남아 있었다.

'하, 긴장되네.'

문파의 오랜 염원이었던 잔마폭멸류를 천무진 덕분에 손에 넣을 수 있었다. 그런 무공을 익힐 수 있다는 사실이 무인인 백아린으로서는 당연히 기쁠 수밖에 없었다.

들뜬 마음을 애써 달래며 찾아온 적화신루의 거점.

익숙하게 들어서는 그녀를 발견한 사내 하나가 빠르게 다가왔다.

"오셨습니까, 총관님."

"오랜만이네. 그간 별일 없었지?"

"누구보다 잘 아시는 분이 왜 그런 걸 물으십니까."

이곳 사천 성도에 있는 적화신루의 거점에 문제가 생겼다면 백아린이 모를 리가 없을 터.

사내의 말에 픽 웃은 그녀가 다시 입을 열었다.

"의뢰했던 정보 중에 뭐 들어온 건 없어?"

"의뢰하셨던 부분 중에서는 딱히 뭐가 없습니다. 다만 의선 어르신 쪽에서 연락이 온 게 있습니다."

"잘됐네. 마침 그게 제일 궁금했거든."

말과 함께 백아린이 손을 내밀자 사내는 재빨리 한 곳에 넣어 두었던 서찰을 꺼내 그녀에게 건넸다.

서찰을 받아 든 백아린이 그걸 품에 넣으며 입을 열었다.

"혹시 추가적으로 들어오는 정보가 있으면……."

"아 참, 하나 더 드릴 게 있었습니다. 성도를 떠나시고 얼마 되지 않아 온 서찰입니다."

말을 끝낸 사내는 깊숙한 곳에 넣어 두었던 또 한 장의 서찰을 꺼내 백아린에게 전달했다. 서찰을 받은 그녀는 고개를 갸웃했다.

깔끔하게 접힌 서찰.

그런데 서찰의 중앙에 접혀 있는 부분은 촛농으로 찍은 듯한 검은 인장의 형상이 자리하고 있었다.

일명 봉함인.

서찰을 뜯지 못하도록 접합한 부분에 찍는 인장인 셈이다. 한마디로 서찰을 받을 이를 제외하고는 그 누구도 먼저 이것을 열지 말라는 의미였다.

백아린이 물었다.

"어디서 온 거지?"

"그게…… 저도 잘 모르겠습니다."

"잘 모른다고?"

"예, 상부에서 갑자기 전달받은 물건입니다. 그리고 보시면 알겠지만 봉함인이 찍혀 있어 안의 내용은 저희 쪽에서도 전혀 파악하지 못했습니다."

"내용을 확인 못 하는 물건인데도 상부에서 전달했다고?"

적화신루에서 안의 내용을 보지도 못하는 서찰을 자신에게 건넸다. 그 말은 곧 서찰을 보낸 이가 보통 인물이 아니라는 걸 의미했다.

과연 그가 누구기에?

백아린이 궁금하다는 듯 물었다.

"누구에게 온 건데?"

"천룡성의 무인분께 전달해야 하는 물건이랍니다."

"그 사람한테?"

천무진에게 온 서찰이라는 사실을 듣자 순간적으로 떠오르는 자가 있었다. 바로 천무진이 그토록 기다리고 있는 그의 사부였다.

'설마……!'

사부인 천운백의 서찰일 가능성을 떠올리며 백아린은 다급히 고개를 끄덕였다.

뭐가 됐든 간에 이 서찰의 정체를 확인하기 위해서는 천무진을 만나야만 했다. 그녀는 곧바로 적화신루 쪽 사람과 헤어지고는 빠르게 비밀 거점으로 돌아왔다.

막 입구에 들어서자 바깥에 자리하고 있던 한천과 마주할 수 있었다.

그가 반갑게 손을 들어 올리며 백아린에게 인사를 건넸다.

"여, 대장. 좋은 아침……."

"나중에!"

빠른 대답과 함께 백아린이 한천의 앞을 쌩하니 지나쳐 갔고, 그녀는 곧바로 천무진의 거처를 향해 움직였다.

그리고 이내 도착한 천무진의 거처.

백아린은 곧장 문을 두드렸다.

"들어가도 될까요?"

채 말이 끝나기도 전.

이미 백아린의 급한 발걸음 소리를 듣고 자리에서 일어나 있던 천무진이 벌컥 문을 열었다.

모습을 드러낸 천무진이 물었다.

"무슨 일이야?"

평소와는 다른 발걸음만으로 이미 뭔가 일이 있음을 눈치챈 천무진이다. 그런 그를 향해 백아린이 적화신루에서 가져온 검은 봉함인이 찍힌 서찰을 내밀었다.

얼결에 서찰을 받은 천무진은 그걸 들어 올리며 다시 물었다.

"뭐야, 이 서찰은?"

"저도 몰라요. 당신에게 온 서찰이라고 하던데 직접 보셔야 할 것 같아요."

백아린의 말에 천무진의 눈에 이채가 맴돌았다.

그가 급히 손을 움직였다.

툭.

살짝 힘을 주자 서찰을 열 수 없도록 찍혀 있던 촛농으로 된 봉함인이 뜯어져 나갔다.

그렇게 펼쳐진 한 장의 서찰.

그 안의 내용을 바라본 천무진이 미간을 찌푸린 채로 중얼거렸다.

"이건……."

*　　*　　*

서찰의 내용을 살피고 뭔가 미세한 표정의 변화를 보이는 천무진의 모습에 옆에 자리하고 있던 백아린이 급히 물었다.

"혹시 당신 사부님한테서 온 서찰인가요?"

"아냐. 그런데…… 생각지도 못한 연락이긴 하네. 이자가 나한테 연락을 할 줄은 몰랐거든."

"대체 누군데요?"

사부에게서 온 서찰은 아니었다. 허나 꽤나 놀랄 만한 상대에게서 온 연락인 건 분명했다.

이 서찰을 보낸 건 다름 아닌…….

"마교 소교주."

짧은 천무진의 대답에 백아린이 놀란 듯 눈을 치켜떴다.

그녀가 급히 물었다.

"악준기(岳俊技)한테서 온 서찰이라고요?"

"응, 맞아."

말을 끝낸 천무진은 손에 들고 있던 서찰을 백아린에게 넘겼다.

안에 적힌 내용은 단순했지만, 굉장히 강렬했다.

당신의 도움이 필요합니다.

— 마교 소교주 악준기(岳俊技)

단 두 줄의 내용.

그렇지만 백아린은 그 서찰의 내용을 몇 번이고 곱씹었다.

악준기가 누구인가?

현 교주의 뒤를 잇게 될 실질적인 마교의 이인자가 바로 악준기다. 어릴 때부터 뛰어난 재능을 지니고 있었고, 아직 젊은 나이임에도 불구하고 중원에서 알아주는 고수 중 하나.

그런 그가 도움을 요청하고 있었다.

다른 이도 아닌 천무진에게 말이다.

백아린이 물었다.

"악준기를 알아요?"

"아니, 본 적 없어. 적어도…… 이번 생에서는."

이어지는 의미심장한 천무진의 한마디에 백아린이 그를 바라볼 때였다.

천무진이 가볍게 어깨를 으쓱하며 말을 이었다.

"저번 생에선 내가 그를 죽였거든."

기억조차 나지 않는 목소리의 주인이 시켰던 명령 중 하나.

마교 안에 있는 소교주를 죽이라는 임무였었다.

그 임무를 수행하기 위해 당시의 천무진은 단신으로 마교로 쳐들어갔고, 그곳에서 그들의 역사에 씻을 수 없는 전무후무한 오점을 만들어 주었었다.

물론 이 모든 건 저번 생에서의 일이었지만 말이다.

다른 이도 아닌 마교 소교주를 죽였다는 말에 백아린이 혀를 내두르며 말했다.

"당신 정말 대단하긴 하네요."

"대단하긴. 내 의지도 없이 그저 시키는 대로 한 한심한 짓일 뿐인데."

무덤덤한 천무진의 대답에 백아린은 슬쩍 화제를 돌렸다.

"그럼 일면식도 없는 사이에 이게 무슨 연락일까요? 마교 소교주 정도 되는 자라면 주변에 그를 돕고 있는 이들이 수도 없이 많을 텐데 굳이 당신한테 이런 연락을 해야 할 이유라면……."

마교에 있는 수하들로 해결할 수 없는 모종의 문제가 벌어졌다는 소리다. 하지만 그렇다고 해서 천룡성에 도움을 청한다는 건 쉽사리 생각하기 어려운 부분이었다.

천룡성은 누군가의 요청을 받고 움직이는 문파가 아니다. 그들 스스로 문제를 의식해 움직여 왔고, 그로 인해 혼란한 무림이 평화를 찾곤 했다.

그런 사실을 마교 소교주나 되는 악준기가 모르지는 않을 터.

천무진은 그 자리에 선 채로 곰곰이 생각에 잠겼고, 백아린은 가만히 그의 대답을 기다렸다.

이내 천무진이 물었다.

"의선한테 온 연락은?"

"아, 그것도 있었어요. 마의와 만났고, 그의 거처에 잠시 머무르며 연구를 좀 해야 할 것 같다고 하더라고요. 저번에 추가적으로 전달하기로 한 하얀 가루들도 아예 그쪽으로 보내 달라고 연락 받았어요."

원래대로라면 이 근처에 거점을 만들어 연구를 해 갈 계획이었지만 워낙 연구해야 할 내용이 광범위하고, 마의의 도움도 필요한 상황이라 함께 작업할 시간이 필요했던 것이다.

그랬기에 현재 의선은 마교 근처에서 마의와 함께하고 있었다.

백아린에게 대답을 들은 천무진이 작게 소리를 내뱉었다.

"흐음."

천무진에게 있어 악준기에게서 온 연락은 다른 이의 도움 요청과는 그 무게가 조금 달랐다.

그 이유는 역시 저번 생과 연관이 있는 자인 탓이다.

저번 생에서 자신이 죽였던 그 모두는 십천야와 뭔가 관계가 있었다. 그렇다면 마교의 소교주인 악준기 또한 어떠한 부분에서 연결된 점이 있을 게다.

그런 상황에서 날아든 도움 요청.

……거절할 이유가 없었다.

천무진이 슬그머니 입을 열었다.

"아무래도 휴식은 어제로 끝난 것 같군."

단 하루의 휴식.

그 휴식을 채 즐기기도 전이겠지만…….

"백아린."

"네?"

"모두한테 모이라고 전해 줘."

"그거야 어렵지 않죠. 그런데 마음의 결정은 내리신 거예요?"

백아린의 물음에 천무진이 고개를 끄덕이고는 짧게 답했다.

"마교로 가야겠어."

천무진의 대답에 그럴 줄 알았다는 듯 백아린이 씩 웃었다. 그러고는 이내 옆에 있는 창문을 통해 밖을 바라보며 중얼거렸다.

"부총관이 꽤나 충격을 받을 것 같은데 말이죠."

오랜만의 휴식이라며 놀 계획을 잔뜩 짠 한천에게 끔찍한 일이 벌어지려 하고 있었다.

"에엑?"

기괴한 비명을 질러 대는 건 역시나 한천이었다.

그는 자신의 귀로 직접 듣고도 믿기 어려웠는지 재차 물었다.

"어디를 간다고요?"

"벌써 두 번이나 말해 줬잖아. 마교로 간다고, 마교."

다 이해하고도 계속 물어 대는 한천을 향해 백아린이 눈을 부라렸다.

다시금 돌아오는 대답에 한천이 이마를 감싸 쥔 채로 물었다.

"언제요?"

"그건……."

백아린이 슬쩍 천무진에게 시선을 줬다.

그러자 천무진이 바로 답했다.

"준비해야 할 게 좀 있으니 이틀 후에 출발할 생각이야."

"이, 이틀이요? 그럼 제 휴가는요?"

"마교로 가는 동안이 휴가지 뭐. 얼마나 좋아. 좋은 풍경도 보고, 다른 지역에 있는 음식도 먹고."

곧바로 돌아오는 천무진의 대답에 한천이 기가 막힌다는 표정을 지은 채로 다시 입을 열었다.

"거 점점 저희 대장을 닮아 가시는 것 같은 느낌인데……."

"부총관 다루는 법을 배우긴 했지."

피식 웃으며 내뱉는 천무진의 그 말에 한천은 충격을 받은 표정으로 두 사람을 번갈아 바라봤다.

그러던 와중에 한쪽에 자리하고 있던 단엽이 불만스럽다는 듯 중얼거렸다.

"마교라…… 그다지 좋아하는 곳은 아닌데 말이야."

마교나 사파는 비슷해 보이면서도 꽤나 다른 성향과 특징을 지니고 있었다. 정파보다는 조금 더 가까이 지내긴 하지만 그만큼 불편한 사이가 되기도 했다.

하지만 단엽 또한 이번 일정에서 빠질 생각은 없었다.

그는 가볍게 자신의 주먹을 몇 번 쥐었다 펴기를 반복했다. 최상의 상태는 아니었지만, 이 정도면 누구와도 싸울 수준은 충분히 될 정도였다.

거기다 마교까지 가는 거리 또한 상당히 멀었기에, 그 정도 시간이면 완벽히 회복할 수 있을 거라는 계산도 섰다.

단엽이 이처럼 회복에 대해 머리를 굴리는 건 이왕 마교로 가게 되었으니 대홍련의 위신을 위해서 약한 모습은 보이고 싶지 않아서였다.

대충 일정에 대해 알려 준 천무진은 이내 세 사람을 향해 말했다.

"그럼 말해 준 대로 이틀 후 점심 무렵에 출발한다 생각하고 준비들 해. 그리고 백아린은 따로 부탁한 것도 신경 써 주고."

"물론이죠."

본래 의선에게 가져다줄 물건들은 다른 사람을 통해 보내려고 했었지만, 직접 마교로 가게 된 지금 굳이 그럴 이유가 사라졌다.

보다 빠르고 안전하게 전달하기 위해 직접 가지고 이동할 계획이었다.

가져다줄 물건이라고 해 봤자 하얀 가루와 처음 무림맹에 들어가 홍천관 관주의 비밀을 캐다 얻게 된 정체불명의 돌멩이.

그리고 검산파에서 얻은 붉은 보석이 전부라 짐의 크기 또한 크지 않았다.

작은 봇짐 하나에 충분히 들어갈 정도로 작았기에 이동하는 데 전혀 불편함도 없었다.

천무진이 입을 열었다.

"자자, 그럼 얼마 안 남은 휴가…… 실컷 즐기라고."

천무진의 그 말에 한천은 그저 울상을 지어 보일 뿐이었다.

이틀이라는 시간은 순식간에 지나갔다.

떠나기 전 한자리에 모인 네 사람은 남윤이 차려 준 식사를 하고 있었다.

식사를 막 끝낸 한천이 아쉽다는 듯 말했다.

"또 언제 남 영감님의 음식을 먹을지 모르겠군요."

"허허, 더 드시지요."

"이미 배가 터질 듯이 차서 말입니다. 도저히 더는 못 먹겠습니다."

의자에 기대어 앉은 한천이 자신의 배를 두드리며 실실 웃었다. 꽤나 많이 준비되었던 음식들이 어느덧 텅텅 비어 갈 무렵.

식사를 끝낸 천무진이 자리에서 일어났다.

마교로의 여정은 꽤나 길 것이었으니, 그 전에 하나 마무리 지어야 할 일이 있었다.

그건 바로 양휴와 관련된 일이었다.

단엽이 잡아 왔던 무인이자, 과거의 삶에선 정체불명 그녀의 부탁으로 가장 처음 죽였던 상대. 잡아 온 지 몇 달이 넘는 기간 동안 이곳에 있는 창고에 가둬 둔 그를 이제 슬슬 풀어 주려 마음먹은 것이다.

뭔가 더 알아낼 것이 없나 몇 번이고 대화를 나눠 봤지만 양휴에게서는 초반에 얻었던 일부의 정보를 제외하고 별다른 건 더 나오지 않았다.

기회가 되면 슬슬 내보내야 할 때가 되었다 생각하던 차에 이렇게 긴 여정을 떠나게 되었으니, 아예 그를 이곳에서 내보내기로 정한 것이다.

먼저 일어난 천무진이 말했다.

"난 양휴를 풀어 줄 계획이니 나머지 인원들은 짐들 챙겨서 그쪽으로 모여. 영감은 양휴를 바깥으로 데리고 나갈 마차 준비해 주고."

"알겠습니다, 작은 주인님."

명령을 전달받은 남윤이 곧장 바깥으로 걸어 나갔다. 이곳 천룡성의 비밀 거점을 드러내지 않기 위해 일전에 방건을 내보냈던 방식처럼 양휴 또한 눈을 가리고 마차에 태워 이곳에서 나가게 할 계획인 것이다.

각자에게 할 일을 맡긴 천무진은 곧장 뒤편에 위치한 창고로 움직였다.

꽤나 두꺼운 벽을 지닌 창고의 문이 열렸고, 그 안에서는 기대어 자고 있는 양휴의 모습이 보였다.

세상모르게 자고 있는 양휴에게로 다가간 천무진이 발로 그를 툭툭 쳤다.

무릎에 닿는 발길에 놀란 양휴가 번쩍 눈을 떴다.

그러고는 곧 천무진을 발견한 양휴가 놀란 어조로 더듬거렸다.

"무, 무슨 일이오?"

"팔자 좋네. 이 시간까지 자고 있고."

"그거야 할 게 없으니까……."

내공까지 제압당하고 이곳 창고에서 갇혀 지낸 지 꽤나 긴 시간이 흘렀다. 그나마 식사를 가져다주는 남윤과는 어느 정도 안면을 텄지만, 그 외의 인물이 나타나면 긴장이 될 수밖에 없었다.

양휴가 또다시 더듬거리며 입을 열었다.

"서, 설마 이제 날 주, 죽이……."

오랜 시간 가둬 둔 채로 이것저것 조사를 했지만 신통치 않은 대답만 이어 왔다는 사실을 양휴 본인도 잘 알고 있었다. 그랬기에 자신이 쓸모가 없다는 사실도.

이런 와중에 찾아온 천무진.

당연히 자신을 죽이려고 하는 게 아닐까 하는 의문이 들 수밖에 없었다.

긴장한 얼굴로 자신을 올려다보는 양휴의 모습에 천무진은 별다른 대답 없이 옆에 있는 커다란 나무 상자에 기대어 앉았다.

그런 그의 모습에 양휴의 긴장은 더욱 심해졌다.

새하얗게 변한 얼굴은 자신이 당장이라도 죽을 거라고 생각하는 듯싶었다.

'도, 도망쳐야 하나?'

창고의 문은 열려 있었고, 거리도 가깝다.

하지만 저곳까지 달려간다고 해서 뭐가 달라지겠는가. 자신은 내공조차 쓸 수 없고, 이곳에 있는 저 사내는 보통 인물이 아니다.

애초에 내공을 쓸 수 있는 몸 상태였다고 해도 어떻게 할 수 없는 상대가 아니었다.

결국 이렇게 가만히 앉아 죽음을 맞이하는 수밖에 없다 생각한 양휴는 식은땀만 삘삘 흘렸다.

그 순간 열려 있는 문을 통해 누군가가 모습을 드러냈는데…….

"힉!"

놀란 양휴가 자신도 모르게 헛바람을 내뱉었다.

모습을 드러낸 건 다름 아닌 단엽이었다. 이곳에 온 이후 딱히 본 적 없었던 단엽의 등장에 양휴는 놀랄 수밖에 없었다. 자신을 끌고 온 바로 그 당사자가 단엽이었으니까.

슬쩍 창고 안으로 들어서던 단엽이 양휴를 보고는 이내 반갑게 손을 들어 올렸다.

"여, 오랜만이네."

"오, 오……."

차마 대답조차 못 하는 그 와중에 단엽의 뒤편에서 또 다른 낯익은 얼굴이 모습을 드러냈다. 천무진과 몇 차례 이곳에 찾아왔던 백아린이었다.

그녀의 말도 안 되는 힘을 몇 번 봤던 양휴로서는 급하게 숨을 들이켤 수밖에 없었다.

무슨 일이기에 이들이 모두 자신의 앞에 모인단 말인가.

대체 자신을 얼마나 잔인하게 죽이려고…….

죽음을 목전에 둔 사람처럼 창백한 양휴의 속내도 모르고 창고 안으로 들어선 백아린이 천무진을 향해 말했다.

"대충 다 준비 끝났어요."

"그래? 그럼 부총관이 오면 바로 출발하지."

"그렇게 하죠. 그런데 대체 뭘 하기에 이렇게 늦는지, 원."

백아린이 슬쩍 투덜거릴 그 무렵 빠른 발걸음 소리가 들려왔다. 그러고는 이내 뒤편에 있는 입구에서 한천이 불쑥 모습을 드러냈다.

팔짱을 끼고 있던 백아린이 한천을 향해 짧게 말했다.

"늦어!"

"하하, 깜빡하고 중요한 물건을 빼먹었지 뭡니까. 가져오느라 좀 늦었습니다."

말과 함께 한천은 손에 쥐고 있던 뭔가를 백아린을 향해 가볍게 휙 던졌다. 허공에서 날아오는 어린애 주먹보다 조금 작은 크기의 뭔가를 백아린은 가볍게 잡아챘다.

그건 바로 홍천관 관주 금호와 연관되었던 무림맹 창고에서 발견했던 바로 그 돌멩이였다.

돌멩이를 쥔 백아린이 어처구니없는 표정으로 말을 받았다.

"이렇게 중요한 걸 빼먹을 뻔했다고?"

찾고 있는 몽혼약 가루의 원료가 되는 걸로 파악되는 이 돌멩이 또한 의선에게 전달해야 할 물건 중 하나였다.

작게 고개를 저으며 백아린이 막 그 돌멩이를 품에 넣고 있는 바로 그때…….

"어……?"

들려오는 목소리에 백아린이 움직임을 멈추고 힐끔 소리가 난 곳으로 시선을 돌렸다.

그곳에서는 양휴가 놀란 눈으로 자신을 바라보고 있었다.

그리고 백아린은 곧바로 알 수 있었다.

양휴의 시선이 향하는 곳이 어디인지를.

그건 바로…… 자신의 손에 들린 돌이었다.

3장. 흑주염
— 이건 돌이 아니오

적화신루에서도 오랜 시간 조사해 봤지만, 정체를 알아낼 수 없던 돌멩이. 그런데 그 돌멩이를 본 양휴의 표정이 뭔가 이상했다.

미묘한 그 변화를 단번에 눈치챈 백아린은 품에 넣으려던 돌멩이를 쥔 채로 양휴를 향해 빠르게 다가갔다.

그녀가 양휴의 코앞으로 돌멩이를 들이밀며 입을 열었다.

"당신 이 돌멩이에 대해 알죠?"

"그건……."

"시치미 뗄 생각은 버려요. 봤거든요, 이 돌멩이를 확인하는 순간 흔들리던 당신의 눈동자를."

백아린이 확신 어린 목소리로 말했다.

많은 인원과 협력체를 동원하고도 알아내지 못한 이 돌멩이의 정체, 그런데 놀랍게도 그것에 대해 아는 이가 바로 코앞에 있었던 것이다.

생각지도 못한 상황에 천무진 또한 놀란 얼굴로 백아린과 양휴의 대화에 귀를 기울였다.

재촉하는 백아린의 말에 양휴는 마른침을 꿀꺽 삼켰다. 잠시 머뭇거리던 그가 이내 결정을 내렸는지 조심스럽게 입을 열었다.

"하, 하나만 약속해 주시오. 그럼 모두 말해 주겠소."

"뭔데요?"

"날 살려서 내보내 주시오."

잔뜩 긴장된 얼굴로 내뱉은 그 한마디.

어떻게든 이 기회를 잡아 살아서 나가겠다는 의지가 가득 담긴 표정이었다.

하지만…….

그런 양휴의 모습에 오히려 나머지 네 사람은 서로의 얼굴을 바라보며 헛웃음을 흘렸다.

애초에 이곳에 온 이유가 바로 마교로 떠나기 전에 양휴를 풀어 주기 위함이었으니까.

잠시 일행들 사이에 감돌던 침묵.

그 침묵을 깨며 백아린이 입을 열었다.

"……그럴 생각이었는데요?"

"그럴 생각이었다니 그게 무슨 말이오?"

"풀어 줄 생각이었다고요. 당신이 말하기 전부터 지금 바로요."

백아린의 생각지도 못한 그 대답에 양휴가 놀란 듯 입을 벙긋거릴 때였다.

양휴를 바깥으로 빼낼 마차를 가지러 갔던 남윤이 나타나 입을 열었다.

"작은 주인님, 명하신 대로 저분을 바깥으로 모셔다 드릴 마차를 가져왔습니다."

쐐기를 박듯이 내뱉어진 남윤의 말에 당황한 양휴가 물었다.

"……날 죽일 생각 아니었소?"

"죽이긴 왜 죽여. 뭐 네가 내가 찾던 그들과 연관된 작자였다면 모를까, 그게 아닌 이상 애초에 죽일 생각은 눈곱만큼도 없었어."

이야기를 듣고만 있던 천무진이 기가 차다는 듯 대꾸했다.

돌아오는 천무진의 대답에 그제야 양휴는 긴장이 쫙 풀

리며 온몸의 근육이 전부 풀어지는 느낌이었다.

양휴가 억울하다는 듯 목소리를 높였다.

"미, 미리 좀 말해 주지 그러셨소! 그랬다면 이렇게 애간장 녹이면서 지내진 않았을 터인데……."

"그렇게 순순히 다 속내를 드러내면 그쪽이 내 질문에 제대로 답이나 했겠어? 어쨌든 원하는 대로 살려서 보내 줄 생각이니 됐잖아? 물어보는 질문에 답부터 하지."

계속해서 알아내지 못하고 있던 돌멩이의 정체에 대해 알 수 있을지도 모른다는 사실에 천무진은 양휴의 말을 자르며 재촉했다.

천무진의 말대로 살려서 보내 달라는 자신의 바람이 이루어지긴 했지만 양휴는 뭔가 억울한 느낌이 드는 건 어쩔 수 없었다.

그렇지만 살려 준다고 지금에 와서 숨기려고 했다가는 정말로 여태 걱정했던 것처럼 영영 이곳에서 나가지 못하거나, 죽음을 맞이할 수도 있다는 생각이 들었다.

그랬기에 양휴는 솔직하게 알고 있는 것들을 털어놔야겠다고 다짐했다.

그가 말했다.

"그럼 우선 말을 꺼내기 전에 그 물건부터 좀 확인했으면 하오."

양휴의 말에 백아린은 슬쩍 천무진 쪽을 보며 의사를 확인했다. 돌멩이를 건네도 되겠냐는 눈짓에 천무진은 고개를 끄덕였다.

백아린은 곧장 들고 있던 돌을 양휴에게 넘겼고, 그는 손톱으로 그걸 가볍게 긁기 시작했다. 그러자 돌멩이에서 회색에 가까운 가루가 떨어져 내렸다.

그것까지 손바닥에 받아 확인하고 나서야 양휴가 고개를 끄덕이며 중얼거렸다.

"역시 이거였군."

"그 돌의 정체를 알겠어요?"

중얼거리는 목소리를 듣기 무섭게 백아린이 물어 올 때였다. 양휴가 들고 있던 돌멩이를 돌려주며 말을 받았다.

"이건 돌이 아니오."

"돌이 아니라고요? 그럼요?"

"……소금이오."

양휴의 입에서 나온 그 한마디에 천무진을 비롯한 나머지 모두의 표정이 변했다.

소금이라니?

이 돌멩이가 소금이라고?

모두의 마음을 대변하듯 백아린이 믿기지 않는다는 목소리로 말을 받았다.

"이렇게 단단한 게 소금이라고요?"

"그렇소. 허나 말대로 일반적인 소금은 아니오. 물에도 쉽게 녹지 않고, 이렇게 서로 뭉치는 성질도 지녔소. 거기다 특별한 과정까지 거치면 지금처럼 아예 돌덩이라 생각할 수도 있을 정도로 단단하게 뭉치는 특성을 가졌지. 그리고 바다에서 생기는 소금이 아닌, 바위에 나타나는 암염(巖鹽)의 일종이오. 흑주염(黑珠鹽)이 바로 이 소금의 이름이오."

길게 이어지는 양휴의 설명을 가만히 듣고 있던 백아린이 이내 침착한 어조로 물었다.

"어떻게 이런 걸 알고 있죠?"

물어 오는 질문에 양휴는 잠시 머뭇거렸다.

순간적으로 망설이긴 했지만, 고민은 길지 않았다. 이미 이 정도를 알려 줬다면 이 소금에 대해 알아내는 건 시간문제였으니까.

굳이 감춰야 할 이유가 없었다.

"그건…… 이 소금이 내 가문인 양가장에서만 만들 수 있는 물건이기 때문이오."

양가장이라는 말에 천무진이 꿈틀했다.

저번 생에서 두 번째 표적이었던 곳, 바로 그게 양가장이었기 때문이다.

돌인 줄 알았던 것이 실은 소금이라는 사실을 깨달은 순간 천무진의 머리를 관통하며 하나의 생각이 쭉 이어져 나갔다.

무림맹 홍천관의 창고에서 보았던 이 돌의 모양을 하고 있는 소금들은 바로 양가장에서 들어온 것들이었다.

몽혼약의 재료가 된다 판단되는 이 돌이 양가장에서만 만들어진다는 건 곧 그들이 자신이 찾는 십천야와도 밀접한 관련이 있다는 뜻이었다.

백아린이 천무진에게 시선을 돌렸다.

여기서부터는 자신이 아닌 그가 질문을 해야 할 때라 여겨서다.

천무진이 양휴를 향해 천천히 다가갔다.

감추려 하고 있었지만 천무진의 심장은 아주 빠르게 뛰고 있었다.

'그들에게 한 걸음, 아니 그 이상 다가갔다…….'

지금 알아낸 이 일은 보통의 것이 아니었다.

수많은 이들을 조종하기 위해 만들어지는 몽혼약의 결정적인 재료가 어디에서, 누구의 손에 의해 만들어지는지를 알게 되었으니까.

그리고 그 말은 곧 저번 생에서 자신이 겪은 조종당하던 삶에서 벗어날 수 있게 될지도 모른다는 의미였다.

두근두근.

미칠 듯 뛰는 심장.

천무진은 길게 호흡을 하며 날뛰는 가슴을 진정시켰다.

이내 그가 천천히 입을 열었다.

"그럼 이것도 알고 있나? 이 돌…… 아니, 소금에 환각 증상을 일으키는 효과가 있다는 거."

마약과도 같은 가루.

사람의 정신을 점점 흐릿하게 만들다 결국 자아를 잃게 만드는 무서운 물건이다.

물어 오는 천무진의 질문에 양휴가 두 눈을 크게 치켜뜬 채로 답했다.

"무슨 소리요. 이건 그냥 소금인데 환각 증상이라니? 그런 게 있을 리가 없잖소."

"……."

천무진은 양휴를 가만히 응시했다.

얼굴에 드러나는 표정에서는 전혀 거짓말을 하는 기색이 보이지 않았다.

거기다 조금만 생각해 봐도 그런 위험한 물건이었다면 쉽사리 흑주염이라는 이름이나, 이것이 소금이라는 사실을 밝히지도 않았을 것이다.

지금 이처럼 행동할 수 있는 이유라면 두 가지 중 하나일

터다.

이게 몽혼약의 재료가 아니거나, 아니면…… 양휴가 정말로 모르거나.

확실한 증거는 없었지만 천무진은 후자 쪽에 더 가능성이 있다 생각했다.

그리고 어느 정도 양휴의 말 또한 진실일 거라 여겼다.

정말로 이건 단순한 소금일 수도 있다.

바위에서 나오는 아주 독특한 소금.

하지만 천무진은 똑똑히 기억하고 있다.

흑주염이라는 이 소금의 알갱이는 회색과 흰색 사이. 그렇지만 막상 몽혼약이 피어오르던 향로 안에 있던 건 붉은색의 가루였다.

그 말은 곧 단순히 이 상태로는 그런 약의 효과를 내지 못할 수도 있다는 소리다. 이 흑주염에 뭔가 작업을 할 것이고, 그 이후에 붉은색을 띠게 될 공산이 크다.

그리고 그때서야 이 소금이 진짜 자신의 정체를 드러내게 되는 것이다.

사람들의 정신을 빼앗아 버리는 그 지독한 몽혼약의 모습을.

꽈드득.

천무진은 주먹을 강하게 움켜쥐었다.

드디어 놈들에게 치명타를 가할 수 있는 단서를 얻은 듯한 기분이 들었다. 그리고 긴 과거의 악몽을 끊을 수 있는 기회를 얻은 듯한 느낌이었다.

천무진이 슬쩍 몸을 돌렸다.

뒤편에서 자신을 바라보고 있는 일행들을 향해 천무진이 입을 열었다.

"아무래도 목적지를 바꿔야겠어."

"양가장에 갈 생각이에요?"

"응, 마교는 그 이후에."

양가장은 마교로 가는 길목과는 전혀 다른 곳에 위치해 있었다.

그나마 다행이라면 양가장의 위치가 섬서성이긴 하지만, 사천성과 밀접한 곳에 자리하고 있다는 점이었다.

구석에 자리한 채로 흘러가는 상황을 그저 눈으로만 담고 있던 한천이 입을 열었다.

"허어, 가뜩이나 긴 여정이 더 길어지게 생겼군요."

마교를 다녀오는 것만으로도 충분히 긴 여정이었거늘, 양가장이라니.

하지만 말만 그리 내뱉었을 뿐 한천 또한 새로운 사실을 알게 된 지금 이 상황에 무척이나 흥분했는지 상기된 표정이었다.

천무진이 입을 열었다.

"영감."

"네, 말씀하시지요. 작은 주인님."

문 바깥에서 조용히 자리하고 있던 남윤이 곧바로 답했을 때였다. 천무진이 성큼 창고를 나가기 위해 걸음을 옮기며 말했다.

"가지고 온 마차 원래 자리로 가져다 놔."

"예?"

남윤이 놀란 듯 되물었을 때였다.

천무진이 말을 이었다.

"지금 풀어 주려 했는데…… 막 계획이 바뀌었거든."

천무진의 말에 가장 당황한 건 양휴였다.

당장이라도 나갈 수 있을 듯한 분위기에 한껏 들떠 있던 그가 당황한 듯 소리쳤다.

"뭐, 뭐요? 분명 풀어 준다 하지 않았소!"

"약속은 지켜. 다만 내가 움직이기 전에 당신이 먼저 양가장 쪽에 연락을 넣거나 하면 귀찮아져서 말이야. 사건을 일단락하자마자 풀어 줄 테니까 한동안만 더 창고에서 지내."

"아니 그런 게 어디……!"

양휴가 억울하다는 듯 몸을 벌떡 일으켜 세우고는 말을 이어 나가려던 그때였다.

툭.

가볍게 어깨 위에 얹어진 손을 느끼는 순간 그가 움찔하며 옆으로 시선을 돌렸다. 그곳에는 곱상한 외모의 사내 단엽이 웃는 얼굴로 자리하고 있었다.

단엽을 보는 순간 양휴의 거칠었던 목소리가 거짓말처럼 사그라졌다.

그가 자신을 질질 끌고 이곳까지 왔던 기억이 주마등처럼 떠올랐다.

갑작스레 바짝바짝 마르는 입 안의 감각을 느끼고 있을 때 단엽이 웃는 얼굴로 말했다.

"며칠 더 쉬고 있어. 알았지?"

"하, 하지만……."

"쉬고 있으라니까. 혹시 맨정신으로 있기 힘들면 내가 한동안 기절해 있게 해 줘?"

말과 함께 주먹을 들어 올리는 단엽의 모습에 양휴는 황급히 고개를 저었다.

그가 다시 원래의 자리에 앉는 것까지 확인하고서야 단엽은 주먹을 거두고 재빨리 먼저 움직이기 시작한 나머지 일행의 뒤를 쫓았다.

그렇게 모두가 빠져나간 창고.

이내 커다란 철문이 닫혔다.

끼이이익.

쿵.

닫히는 문 너머에서 들려오는 양휴의 깊은 한숨 소리가 귓가에 가득 울렸지만, 일행 중에서 그런 부분에 신경을 쓰는 사람은 아무도 없었다.

창고 밖으로 나온 천무진은 곧장 뒤편에 있는 이들에게 말했다.

"안에서 말한 것처럼 일정이 좀 변했어. 출발은 한 시진 후에 할 생각이니 그때 다시 모이도록 하자고."

목적지가 바뀌었으니 그사이에 해야 할 일들이 생겼다.

그리고 무엇보다 중요한 건 역시나 적화신루에게 할 새로운 의뢰였다.

천무진이 백아린의 이름을 불렀다.

"백아린."

"의뢰하실 생각이죠?"

굳이 말을 하지 않았음에도 불구하고 백아린은 이미 천무진의 생각을 읽고 있었다.

그런 그녀가 대답 대신 던진 물음에 천무진이 고개를 끄덕이며 답했다.

"흑주염에 대한 정보가 필요해. 시간은 없지만 구할 수 있을까?"

물어 오는 천무진의 질문에 백아린은 챙겨 들고 있던 짐을 옆에 내려놓고는 그에게 성큼 다가섰다.

숨소리가 느껴질 정도로 지척까지 다가선 그녀.

다른 이들은 모르지만, 그녀만큼은 지금 천무진이 얼마나 이 기회를 놓치지 않고 싶어 하는지 잘 알고 있었다.

백아린은 천무진이 어떠한 인생을 살아왔는지 아는 유일한 사람이었으니까.

그랬기에 다소 시간도 촉박하고 어려운 의뢰일 수 있음에도 불구하고 목소리에 힘을 주어 말했다.

"구해 줄게요. 어떻게든."

걱정 말라는 듯한 믿음직스러운 그 모습에 천무진이 픽 웃으며 입을 열었다.

"……부탁하지."

* * *

천무진이 마교에서 양가장으로 목적지를 바꾸고 움직이는 그때.

중원 어딘가에 자리하고 있는 비밀 장소.

그 비밀 장소의 주인인 정체불명의 인물이 내는 목소리가 휘장 안쪽에서 흘러나왔다.

"으음."

딱히 뭔가 말을 꺼내지는 않고 있었지만, 그는 상당히 머리가 복잡했다. 최근 있었던 천무진의 움직임 때문이었다.

천무진의 아래로 들어간 단엽이 화산파에 갑작스레 나타나서는 그곳에 방문한 우내이십일성 중 하나인 나환위를 쓰러트렸다.

개인적인 원한이 있었다고는 하지만…… 글쎄.

그것만으로 천무진 일행 전부가 움직였다는 것은 쉬이 납득되지 않았다.

잠시 고민 섞인 소리를 흘려보내던 그가 휘장 건너에 있는 누군가를 향해 입을 열었다.

"화산파에서 특별한 움직임은 없었고?"

"네, 어르신. 인근에 사람을 심어 뒀지만, 특별히 눈에 튀는 행동은 없었습니다."

돌아오는 대답의 주인공은 바로 화산파의 자운이었다.

얼마 전까지 화산파에 있는 천무진 일행의 움직임을 직접 감시했던 그다. 그렇지만 그들은 예상과는 달리 특별히 수상쩍은 행동을 하지 않았고, 그로 인해 머리는 더욱 복잡해졌다.

천무진이 움직였다면 뭔가 자신들과 관련된 어떤 것 때문일 확률이 컸다.

그런데 화산파에 나타나서 한 일이라고는 고작 나환위를 쓰러트린 것이 전부였다.

그랬기에 의아했다.

"화산파 장문인과 따로 밀담을 나눈 건 아니겠지?"

"저도 그 부분이 가장 신경 쓰여 장문인 쪽에도 사람을 붙여 뒀었습니다. 그런데 걱정할 만한 일은 전혀 없더군요."

"그놈이 허튼 움직임을 보인 적은 없었는데 말이야."

천무진이 움직일 때마다 십천야 내부에는 크고 작은 문제들이 발생했다. 그럼에도 불구하고 이들은 계속해서 참아 왔다.

천무진을 죽이지 말아야 할 이유가 있었으니까.

부복한 채로 자리하고 있던 자운이 슬쩍 고개를 올려 휘장 너머에서 꿈틀거리는 그림자를 응시했다.

그가 이내 조심스레 입을 열었다.

"어르신 그리고 드릴 말씀이 하나 더 있습니다."

"뭐지?"

"천무진 일행 중 한천이라고 있잖습니까. 기억하십니까?"

"뭐 그런 놈이 있다는 것 정도는."

별반 대수롭지 않게 여겼기에 이름까지 정확히 기억하지

는 못했지만, 천무진 일행이라 하니 얼추 사람 하나를 떠올리는 건 그리 어렵지 않았다.

담담하게 대답하는 그를 향해 자운이 말했다.

"그놈이…… 제 검을 막았습니다."

"……뭐라고?"

휘장 안에서 들려오는 목소리에서 작은 흔들림이 느껴졌다. 그도 그럴 것이 한천은 고작 칠 급으로 분류되던 자다.

한마디로 일류 수준의 무인으로 판단했다는 소리다.

그런데 그런 그가 자운의 검을 막았다?

상식적으로 말도 안 되는 소리였다.

휘장 안의 사내를 향해 자운이 빠르게 말을 이어 나갔다.

"물론 전력을 다한 건 아니었습니다만 최소 오 급, 최악의 경우 사 급 정도의 실력까지는 염두에 두어야 할 것 같습니다."

"지금 그게 말이나 되는 소리더냐? 그놈은 고작 적화신루의 부총관이야. 일개 부총관이 사 급?"

십천야의 분류표로 쳐서 사 급이라고 한다면 우내이십일성 중 다소 실력이 부족한 이들 정도가 속한 수치였다.

오 급이라고 해도 무림의 백대고수 수준이니 쉬이 넘길 만한 일은 아니었지만, 사 급이라면 이야기는 많이 달라진다.

그 정도라면 결코 좌시할 수 없는 실력자라는 뜻이었으니까.

무슨 말도 안 되는 소리냐는 듯한 그의 말에 자운 또한 선뜻 입을 열지 못했다.

스스로도 기가 막혔으니까.

자신조차 납득하기 어려운 걸 다른 누군가에게 설명한다는 건 쉬운 일이 아니었다.

자운이 어렵사리 입을 열었다.

"저도 믿기 어렵지만…… 제가 느낀 바는 그렇습니다."

"잘못 판단했을 확률은?"

되묻는 그를 향해 자운이 확신에 찬 목소리로 답했다.

"몇 차례고 검을 겨뤄 봤습니다. 확실합니다."

"하아, 기가 막히는군그래. 언제부터 백대고수 이상의 실력자들이 이렇게 발에 치일 정도가 된 거야?"

백아린만으로도 충분히 당혹스러웠다.

그런 실력자가 하나 등장했다는 것만으로도 계산이 많이 어그러졌다.

헌데 그게 끝이 아니란다. 최악의 경우 천무진의 옆에는 또 다른 엄청난 조력자 하나가 자리하고 있는 상황이었다.

쉽사리 예상할 수 없는 일이었기에 휘장 너머의 사내는 골치가 아팠다.

우내이십일성 수준의 무인들이 이렇게 숨겨져 있었다는 사실도 놀라운 일인데 그들 모두가 천무진의 수족이 되어 움직이고 있다.

동시에 의문이 생겼다.

'적화신루 따위가 이렇게 내 발목을 잡을 줄이야.'

뛰어난 정보 단체라는 건 알았다.

하지만 그들 정도는 사내에게 안중에도 없던 존재였던 것이 사실이다. 그랬던 그들이 계속해서 자신을 조금씩 건드리고 있었다.

그것이 그는 무척이나 거슬렸다.

휘장 안의 그가 명령을 내렸다.

"상무기에게 전달해. 적화신루에 대해 자세히 알아보라고. 특히 백아린이나 한천이라는 그 두 명에 대해서."

"알겠습니다."

"그리고 이것도 전해. 이번에도 또 이따위로 엉망인 정보를 가져다준다면…… 귀문곡 또한 책임을 물어야 할 거라고."

적화신루보다 훨씬 더 뛰어난 정보력을 지녔다 판단했던 귀문곡.

그런데 그들은 매번 적화신루를 등에 업은 천무진에게 자신들이 휘둘리게 만들고 있었다.

지금 자신들이 이토록 밀리는 이유 중 하나는 바로 정보전에서 지고 들어가기 때문이다.

막 휘장 안의 인물이 명령을 내린 그때였다.

바깥에서 수하 한 명이 다급히 달려와 휘장의 앞쪽에 부복했다.

휘장 안에 있는 인물이 나지막이 입을 열었다.

"무슨 일이냐."

"어르신을 뵙기 위해 손님이 오셨습니다."

"손님?"

의아한 듯 말을 꺼내는 바로 그 순간 부복해 있는 수하의 뒤편으로 누군가가 슬쩍 모습을 드러냈다.

어둠 속에 자리한 인물.

그렇지만 휘장 너머에 있는 그는 상대가 누구인지 단번에 알아차릴 수 있었다.

휘장 안에 있던 이가 찾아온 손님을 향해 입을 열었다.

"……오랜만이군."

"잘 지내셨습니까?"

들려오는 건 제법 나이가 있어 보이는 인물의 목소리였다. 그런 상대를 향해 휘장 안에 있는 그가 말을 이어 나갔다.

"이렇게 직접 보는 게 얼마 만이지?"

"글쎄요. 몇 년은 족히 된 것 같군요."

"해가 서쪽에서 뜰 일이군그래. 얼굴 한번 보기 힘든 네가 이렇게 직접 날 찾아올 줄이야."

"그만큼 급한 일이니까요."

"급한 일?"

"천룡성의 일에 대해 보고를 드려야 할 것 같아 직접 찾아뵈었습니다."

천룡성이라는 말에 휘장 안쪽에 있는 사내가 고개를 갸웃했다.

지금 나타난 자에게서 천룡성의 정보를 받은 건 한두 번이 아니었다. 다만 이렇게 직접 찾아오는 경우는 극히 드물었다.

그랬기에 물었다.

"대체 무슨 일이지? 정체를 감추려고 이렇게 직접 찾아오는 일은 스스로 피하지 않았던가? 그런 너를 움직이게 할 정도의 정보라 이건가?"

"우선적으로 얼마 전에 천룡성의 작은 용이 섬서성으로 움직인 사실에 대해 아실 겁니다."

"알고 있어. 화산파에 나타났다더군."

"맞습니다. 그렇지만…… 그의 진짜 목적지는 화산파가 아니었지요."

"……그럼?"

"검산파. 그곳이 진짜 목적지였을 겁니다."

"뭐? 검산파에 천무진이 나타났다는 보고는 들은 게 없는데? 대체 거기는 무슨 목적으로 간 거지?"

"모릅니다. 그의 진짜 목적은 어르신이 알아내셔야 할 부분인 것 같군요."

천무진의 목적까지는 알 수 없었기에 어둠 속의 인물은 자신이 아는 정보에 한해서만 전달했다.

이야기를 들은 휘장 속 인물이 이내 입을 열었다.

"생각지도 못한 정보인 건 사실이지만 이것이 네가 직접 움직일 정도로 중요한 일인가?"

"……그럴 리가 있겠습니까."

겨우 검산파에 대한 정보를 전할 생각이었다면 번거롭게 직접 찾아오기보다는, 전서구를 통해 전달했을 게다.

그가 이곳에 찾아온 진짜 이유.

그건 바로…….

"작은 용이 양가장으로 움직였습니다."

"……!"

보고를 듣는 순간 휘장 안에 자리하고 있던 인물이 놀란 듯 움찔했다.

잠시 이어진 침묵, 이내 휘장 안에서 떨리는 목소리가 흘러나왔다.

"왜?"

"흑주염의 정체를 알아차렸습니다. 그게 양가장의 물건이라는 것도요."

"이런 망할!"

쾅!

소리와 함께 휘장 안에 있던 탁자가 단번에 부서지며 그 파편이 사방으로 튀어 나갔다.

천무진이 양가장으로 움직였고, 흑주염의 정체를 알아냈다는 말에 반응한 건 비단 휘장 안에 있는 정체불명의 인물뿐만이 아니었다.

한쪽에 자리하고 있던 자운 또한 놀란 듯 눈을 치켜떴다.

흑주염이 무엇인가?

십천야를 뒷받침하는 힘의 근원이 바로 그 흑주염을 통해 만들어지는 몽혼약이다.

그런데 그걸 천무진이 알아차렸단다.

여태까지 이런저런 타격을 입어 왔지만, 그 어떠한 것도 지금 이것만큼 중요하진 않았다.

천무진이 움직였다는 정보를 가지고 온 인물이 이내 입을 열었다.

"여유 시간은 나흘 정도입니다. 아마 그 시간이 지나면 작은 용이 양가장에 도착할 겁니다."

남은 시간까지 전해 듣게 된 휘장 안쪽에 있는 인물은 더는 망설일 여유가 없었다.

그가 버럭 소리쳤다.

"자운!"

"예, 어르신."

"지금 양가장 근처에서 대기하고 있는 십천야가 누구지?"

"왕도지(王島至)입니다."

십천야에게 양가장이 가지는 의미는 상당했고, 그랬기에 가까운 곳에 언제나 한 명 정도의 인물을 준비시켜 놓곤 했다.

그리고 지금 양가장 인근에 자리하고 있는 건 십천야 중 왕도지라는 자였다.

휘장 안의 그가 곧바로 말했다.

"당장 전서구를 통해 왕도지에게 전해. 천무진이 그곳으로 간다고. 그러니까…… 그곳에 있는 것들을 모두 옮기라고. 시간이 없으니 서둘러."

"알겠습니다."

말을 끝낸 자운은 곧바로 몸을 돌렸다.

급박한 일이었고, 지금은 한시라도 빨리 왕도지에게 이 같은 사실을 전해 자신들의 피해를 최소화시키는 것이 급

선무였다.

그렇게 자운이 사라진 거처에는 잠시 적막이 감돌았다.

휘장 안의 인물과 지금 이곳을 찾아온 인물만이 남은 공간.

잠시 침묵을 지키던 휘장 안의 이가 입을 열었다.

"네가 가져온 정보 덕분에 위기는 면했군. 이 일은 잊지 않지."

"제가 해야 할 일을 한 것뿐입니다."

무덤덤하게 돌아오는 상대의 대답.

그런 그를 향해 휘장 안에 자리한 사내가 물었다.

"그쪽도 천운백에 대한 정보는 뭐 없고? 매번 그랬지만 이번에도 행방이 영 묘연해서 찾을 수가 없단 말이야."

"언제나 그랬지 않습니까. 귀신처럼 사라졌다가 때가 되면 또 어디에도 있는 그런 자니까요."

"혹시라도 천운백에 대한 정보가 들어오면 곧바로 알리는 것 잊지 말고."

"물론입니다."

당연하다는 듯 대답하는 그가 있는 방향으로 휘장 안에 자리한 인물이 물었다.

"바로 돌아갈 생각인가?"

"네, 해야 할 일이 있으니까요."

해야 할 일이 있다며 말을 끝맺은 그가 어둠 속에서 천천히 걸어 나왔다.

창을 통해 쏟아진 달빛이 그자에게 스며들며 조금씩 드러나기 시작한 얼굴.

천룡성의 하나뿐인 가솔.

남윤이었다.

4장. 양가장
— 벌써?

"크아, 좋구만!"

소매로 입가를 거칠게 닦아 내고 있는 건 삼십 대 후반 정도로 보이는 사내였다. 커다란 체구에 옷 사이사이로 드러난 신체는 무척이나 다부졌다.

양팔은 바위라도 으깨 버릴 것만 같은 근육이 꿈틀거렸고, 어깨를 살짝 덮은 머리카락은 잔뜩 헝클어져 있었다. 그래서인지 그에게서는 왠지 모를 야수의 느낌이 물씬 풍겨져 나왔다.

커다란 기루의 방.

그의 앞으로는 수십 명이 배불리 먹고도 남을 정도로 많은 양의 음식이 탁자 위에 즐비했고, 양옆에는 여섯 명에 달하는 기녀들이 자리하고 있었다.

술을 들이마신 그는 익숙하게 양옆에 있는 기녀들의 어깨에 손을 둘렀다.

그는 왼편에 자리한 여인의 얼굴을 힐끔 보더니 이내 웃음기 가득한 표정으로 입을 열었다.

"넌 처음 보는 것 같은데?"

"예, 다른 곳에서 일하다가 닷새 전쯤에 이곳으로 옮겨왔습니다."

입가에 미소를 머금은 기녀가 속삭이듯 말했고, 그런 그녀를 사내는 기분 좋은 얼굴로 바라봤다.

"그래? 넌 참 운이 좋구나. 내 마음에 들었거든."

"영광이에요. 왕 대협."

기녀는 자신의 옆에 자리하고 있는 근육질의 사내를 향해 가식 가득한 목소리로 답했다. 정확한 이름은 알려져 있지 않지만, 이 왕 대협이라 불리는 사내는 이곳 기루에서 가장 큰손으로 꼽혔다.

열흘에 한 번꼴로 기루에 찾아와서 혼자 쓰는 돈이 가히 이곳의 평소 하루 매상에 필적할 정도니 당연히 꽤나 유명할 수밖에 없었다.

기분 좋은 얼굴로 그가 손에 든 잔을 내밀었다.

"자, 어디 한 잔……."

왕 대협이라 불린 자가 기녀에게 술을 받으려고 하던 그 찰나 갑작스럽게 다급한 발걸음 소리가 들려왔다.

쾅쾅!

그 시끄러운 발소리가 자신이 자리하고 있는 방 앞에서 멈춘 순간 사내의 표정이 잔뜩 구겨졌다.

이내 밖에서 익숙한 목소리가 들려왔다.

"대장, 안에 계십니까?"

"무슨 일이야?"

드르륵.

대답을 하기 무섭게 방문이 소리 나게 열렸다. 이내 모습을 드러낸 중년의 사내 하나가 왕 대협이라 불리는 그가 있는 방 안으로 들어섰다.

들어선 자신의 수하를 향해 그가 불만스레 입을 열었다.

"내가 방해하지 말랬잖아? 대체 뭐 그리……."

"상부에서 날아온 급보입니다, 대장."

곧장 돌아오는 수하의 말에 사내의 표정이 꿈틀했다. 이곳에 있는 자신에게 날아들 만한 급보라면…….

쉬는 시간을 방해받았다는 생각에 짜증만이 가득했던 얼굴이 순식간에 진지하게 변했다.

그가 나지막이 입을 열었다.

"전부 나가."

"……예?"

술을 따르려고 병을 들고 있던 기녀가 되물었을 때였다.

쾅!

탁자를 치며 그가 소리쳤다.

"방 안에 있는 사람들 모두 나가라고!"

눈을 부라리며 떨어트린 불호령에 방 안에서 웃고 있던 기녀들이 사색이 되어 뛰어나갔다. 순간적으로 돌변한 그에게서는 매서운 기운이 터져 나오고 있었다.

왕 대협이라 불리는 사내, 그의 정체는 바로 십천야의 한 명인 왕도지였다.

자리에 앉은 채로 왕도지가 손을 앞으로 내밀며 말했다.

"빨리."

그의 재촉에 수하가 품 안에 넣어 온 서찰을 꺼내 빠르게 건넸다. 서찰을 받아 든 왕도지는 급히 그걸 펼쳐 안의 내용을 살폈다.

서찰의 내용을 확인하던 그의 미간이 꿈틀했다.

양가장을 담당하고 있던 상황, 당연히 그 급보가 그곳과 관련되었을 거라 어느 정도 예상했던 바다. 그랬기에 이토록 급하게 모두를 물리고 서찰을 확인하지 않았던가.

그런데…… 상황은 예상했던 것 이상으로 좋지 못했다.

'천룡성이 꼬리를 잡았다고?'

서찰 안에는 지금의 상황에 대해 적혀져 있었다.

천룡성의 무인이 흑주염에 대해 알아차리고 동료들과 함께 이곳으로 오고 있는 상황이었다. 그러니 그것에 대해 급히 대비하라는 게 주요 골자였다.

서찰의 정확한 내용까지 확인한 왕도지에게 더는 머뭇거릴 여유는 없었다.

서찰 내용에 의하면 천무진이 거의 코앞까지 다가와 있었기 때문이다.

그가 자리에서 벌떡 일어났다.

왕도지가 곧바로 명령을 내렸다.

"당장 끌어모을 수 있는 인원은 모두 모아서 준비시켜. 양가장 내부에 있는 물건들을 최대한 옮긴다. 그리고 혹시 모를 싸움에 대비해."

"알겠습니다, 대장. 곧바로 준비시키겠습니다."

말을 마친 수하가 곧바로 기루의 방을 박차고 나갔다. 혼자 남게 된 왕도지는 이내 옆에 내려 두었던 커다란 도를 등에 짊어졌다.

그는 자신의 앞에 놓여 있는 기루의 음식들을 바라보며 입맛을 다셨다. 열흘에 한 번 있는 휴식이 완전히 망가져 버렸다.

허나 지금은 그런 걸 아쉬워할 때가 아니었다.

양가장은 자신들에게 있어 무척이나 의미가 있는 곳. 그곳을 잃을 순 없었으니까.

왕도지가 중얼거렸다.

"……버러지들 때문에 귀찮게 됐군."

섬서성 녕강(寧强) 인근에 위치한 준양이란 마을은 꽤나 많은 사람들이 모이는 곳이었다.

섬서에서 꽤나 알아주는 상단도 자리하고 있었고, 무림에서 크게 비중이 있진 않지만 그래도 나름 구색을 갖춘 문파인 양가장 또한 터를 잡고 있어서였다.

양가장은 꽤나 긴 역사를 지녔지만, 그에 비해서 그리 뛰어난 무림 문파는 아니었다.

무인의 숫자도 바깥에 나가 있는 이들을 다 포함해서 채 육십 명이 되지 않는 규모. 그런 그들의 가족까지 해서 얼추 삼백 명 정도로 구성되어진 문파가 바로 양가장이었다.

허나 그들은 그리 크지 않은 규모에도 불구하고 제법 재력을 지닌 문파였다. 섬서 지역의 몇몇 특산품들을 중원 곳곳으로 팔아 돈을 벌었고, 준양에 있는 유명한 상단과도 밀접한 관계를 가지고 거래를 이어 온 덕분이다.

양가장은 원래부터 어느 정도의 명성은 지니고 있었는데, 눈에 띌 만큼 가파른 성장세를 보인 것은 수십 년 전부터였다. 그리고 그것은 현 가주인 양석창(楊析昶)의 힘이 컸다.

그가 가주가 된 이후 양가장은 예전에 비해 훨씬 큰 세력을 지니게 되었다.

그리고 그런 양석창의 뒤에는…… 십천야가 있었다.

가주 양석창의 집무실.

그곳에서 양석창은 누군가와 독대를 하고 있었다.

근육질에 야성미가 물씬 풍기는 사내, 십천야의 일원인 왕도지였다.

육십이 훌쩍 넘은 양석창은 눈앞에 있는 왕도지의 말에 눈썹을 파르르 떨었다.

그만큼 지금 그에게서 들은 말이 충격적이었으니까.

잠시 당황했던 양석창이 이내 정신을 추스르며 물었다.

"……그게 무슨 말이오?"

"서둘러 흑주염의 일부를 바깥으로 돌려야 한다고 말했습니다. 기술자들도 마찬가지고."

"그걸 지금 당장 말이오? 아무리 그래도 당장에 모든 걸 외부로 돌리는 건 무리가 있소. 시간을 며칠만 주면……."

"그럴 여유가 없습니다. 당장에 움직여야 합니다."

현재 천무진의 정확한 위치는 파악하지 못한 상황이다.

하지만 그가 출발한 시기와 가장 마지막에 그들 무리를 확인한 곳을 계산해 보건대 여유가 없었다. 이르면 사흘 이내에 당장 이곳 양가장에 들이닥칠 수 있는 상황이기 때문이다.

딱 잘라 말하는 왕도지의 말에 양석창은 잠시 턱을 괸 채로 생각에 잠겼다.

그러고는 이내 양석창이 말했다.

"알겠소. 그렇지만 시간이 촉박하여 모든 흑주염을 빼내는 건 불가능할 것 같소."

"상관없습니다. 기술자와 재료만 있다면 이후에도 물건을 완성시킬 수 있으니 말입니다. 물건을 다시금 제조하는 데 있어 피해를 최소화할 수 있도록 시간 내에 빼낼 수 있는 만큼 회수하는 게 목표입니다."

"그리하리다. 그런데…… 대체 무슨 일인데 이리 급한 결정을 내린 거요?"

물어 오는 양석창의 모습을 보며 왕도지는 최대한 태연한 표정으로 말을 받았다.

"별거 아닙니다. 다만 천룡성이 이번 일에 달려들어서 말이지요."

"천룡성이 말이오? 허어, 이거야 원. 양가장의 입장에서는 무척이나 곤란한 일이 벌어진 듯하오. 천룡성이 우리 양가장을 들쑤시고 다니면 피해가 적지 않을 터인데.”

양석창이 말을 하며 슬쩍 왕도지의 표정을 살폈다.

굳이 입 밖으로 내지 않았지만, 그가 원하는 것이 무엇인지 왕도지는 잘 알았다.

돈이다.

자신들이 입을지도 모를 피해를 언급하며 금전적인 보상을 해 주기를 바라는 게다.

허나 그런 양석창의 행동에 왕도지는 조금의 표정 변화조차 보이지 않았다. 이런 양석창의 모습이 익숙했기 때문이다.

'능구렁이 같으니라고.'

양가장의 가주 양석창.

그는 젊었을 때부터 대단한 야망을 가지고 있던 인물이었다. 그랬기에 십천야의 입장에서도 손을 잡기에 여러 가지로 용이했다.

욕심을 가진 사람은 그만큼 조종하기 편하니까.

허나 시간이 조금씩 지나며 양석창은 보다 많은 걸 원하기 시작했다. 지금까지야 어느 정도 허용 범위 안이었으니 용서를 하고 있었지만, 그것이 선을 넘는 순간 십천야의 입장에서도 더 두고 볼 생각은 없었다.

마음만 먹는다면 너무도 손쉽게 목을 비틀어 버릴 정도의 상대였지만 아직은 이용 가치가 남아 있는 자다. 그랬기에 속내를 감춘 채로 왕도지가 말을 받았다.

"걱정하지 마시지요. 당연히 적절한 보상은 해 드릴 생각이니 말입니다. 저희가 한 번이라도 양가장에게 피해를 끼친 적이 있습니까?"

"허허, 걱정이라니 난 그런 것을 한 적이 없소. 이리 신경을 써 주니 나로서는 고마울 뿐이오."

전혀 생각지도 못한 배려에 고맙다는 듯 말하는 그를 향해 왕도지가 고개를 끄덕이며 말했다.

"그럼 서둘러 작업을 시작하죠. 제련된 흑주염이 천룡성의 손에 들어가면 곤란해서 말이지요."

어차피 완벽하게 빼돌리는 건 시간상 불가능하다.

그렇다면 어느 정도 내어 줄 건 내주면서 중요한 것만큼은 모두 회수한다. 오히려 그런 모습이 상대를 보다 복잡하고 혼란스럽게 만들 수도 있기 때문이다.

천무진의 손에 들어가선 안 되는 건 제련된 흑주염과 기술자들이다. 그들만 지켜 낸다면 나머지는 어느 정도 내어 줄 수 있었다.

물론 그것만 해도 꽤나 타격이 크겠지만, 지금 상황에선 그게 최선이었다.

서두르자는 왕도지의 말에 자리에서 일어난 양석창이 급히 수하를 불러 뒤처리를 위한 명령을 내렸다.

왕도지가 자신의 부탁대로 일 처리를 끝낸 양석창을 향해 물었다.

“얼마나 걸리겠습니까?”

“당장에는 우선 제련 중이던 흑주염의 마무리가 급하다 판단하여 그쪽에 인원을 투입할 생각이오. 그 이후에 곧바로 바깥으로 빼낼 생각이니 아무래도 내일 오후는 되어야 할 것 같은데…….”

“오전 중에 시작해 주시죠.”

“허어, 좀 버거울 것 같은데.”

말을 내뱉는 양석창을 향해 왕도지가 준비해 두었던 전낭 주머니 하나를 꺼내어 내밀었다. 그것을 건네받은 양석창은 슬쩍 안의 내용물을 살폈다.

샛노란 금화를 확인한 그가 감정을 숨기지 못하고 순간 웃음을 흘리다 이내 표정 관리를 하며 뒤늦게 말을 이었다.

“이렇게까지 하니 한번 해 보리다.”

“부탁드리죠. 그럼 내일 오전에 다시 찾아뵙겠습니다.”

말을 마친 왕도지는 자리에서 벌떡 일어났다.

더는 이곳에 있을 이유가 없었으니까.

그렇게 자리에서 일어난 왕도지는 짧은 인사를 끝내고 양석창과 헤어졌다. 바깥에 대기하고 있던 수하와 합류한 그가 짜증 가득한 얼굴로 입을 열었다.

"가지."

말을 끝내고 나아가는 왕도지의 뒤편으로 수하가 따라붙었다.

장주인 양석창의 거처에서 어느 정도 멀어진 후에야 그가 나지막이 입을 열었다.

"돈에 미친 영감 같으니라고."

필요해서 손을 잡고 있긴 했지만, 자신이 저런 자와 대화를 나눈다는 것 자체가 왕도지는 마음에 들지 않았다.

왕도지의 중얼거림에 수하가 물었다.

"왜 그러십니까? 또 돈이라도 요구한 겁니까?"

"그놈이 항상 그렇지."

익숙한 일이다 보니 왕도지도, 그의 수하도 그것에 대해 별반 특별한 감정이 일지는 않았다.

수하가 조심스레 물었다.

"요즘 따라 요구가 점점 심해지는 것 같습니다."

"그러게 말이다. 주제도 모르는 새끼가."

슬슬 불쾌감이 밀려들어 왕도지가 인상을 찌푸렸다.

허나 상관없었다.

다시 표정을 푼 왕도지가 슬그머니 입을 열었다.

"어디 마음껏 욕심내 보라지."

발걸음을 멈춘 그가 이미 멀어져서 보이지도 않는 양석창의 거처 방향을 바라보며 천천히 말을 이었다.

"……욕심을 부릴 수 있는 시간도 얼마 남지 않은 듯하니까."

뜻 모를 의미심장한 그 한마디와 함께 왕도지는 곧장 몸을 돌려 걸음을 옮겼다.

*　*　*

양가장의 하루는 여느 때와 다름없이 평범했다.

물건을 옮기는 이들부터, 무공을 연마하는 무인들까지.

허나 그것은 겉모습에 불과할 뿐 실제로 양가장은 오전부터 바삐 돌아가고 있었다.

양가장이 자리하고 있는 마을인 준양 뒤편에는 그들 소유의 선산이 있었다.

선산은 그리 크지는 않았지만 오랜 시간 양가장 사람들의 유골이 묻혀 있는 묘지도 있었고, 또한 그들이 소유한 몇 개의 창고도 자리하고 있었다.

아무나 함부로 드나들 수 없는 양가장 소유의 선산.

그리고 그 선산의 한 곳에서는 비밀리에 흑주염이 제련되고 있었다.

일꾼들이 선산에서 제련된 흑주염들을 바삐 옮기고 있는 그때, 양가장 장주의 거처에서는 양석창과 왕도지가 마주하고 있었다.

두 사람은 차를 앞에 둔 채로 이야기를 나누는 중이었다.

왕도지가 물었다.

"언제쯤 마무리되겠습니까?"

"흐음, 삼차까지는 마무리되었으니 이제 마지막 한 번 정도 남았을 거요. 시간은 얼추 한 시진에서 두 시진 사이면 되지 않을까 싶은데……."

"거의 마무리되었군요. 급작스러운 상황이라 꽤나 빡빡했을 텐데 감사합니다."

"어제 부탁하시지 않으셨소. 당연히 그리해 드려야지."

웃으며 대답한 양석창이 찻잔을 입에 가져다 댔다.

흑주염 자체를 구하는 건 그리 어렵지 않았다. 다만 문제는 그 흑주염을 제련하는 것이었고, 그건 꽤나 번거롭고 시간이 걸리는 일이었다.

이미 제련에 들어간 것들을 제외하고는 최대한 마차를 이용해 이동시킨 상황.

제련 중인 흑주염만 마무리 짓는다면 얼추 이번 일은 이렇게 마무리될 것이었다.

혹시라도 일 처리가 늦어져서 오늘 중에 마무리되지 못할까 내심 걱정했거늘, 다행히도 양석창이 신경을 쓴 덕분인지 어제 부탁한 대로 오전부터 제련된 흑주염을 옮길 수 있었다.

이제 마지막으로 제련될 것들만 옮기게 되면 이곳에 남는 건 그냥 평범한 흑주염에 불과하다.

애초에 선산 곳곳에 자리한 모든 흑주염을 없앨 수는 없는 상황이었고, 이미 천무진 또한 그 정체에 대해 눈치를 채고 있다.

그랬기에 우선적으로 필요한 양을 획득한 지금 흑주염 자체만은 감출 이유가 없었다.

제련된 흑주염이 아닌 본연의 상태만으로 알아낼 수 있는 건 없을 테니까. 애초에 그냥 흑주염은 조금이지만 천무진의 손에도 들어가 있지 않던가.

잠시 찻잔을 어루만지던 양석창이 슬그머니 본론으로 들어갔다.

"어쩌다 보니 이리 급하게 일을 진행하게 되긴 했소만…… 오늘 넘기는 것들의 대금을 아직 받지 못해서 말이오."

"아아, 대금 말입니까?"

말을 끝낸 왕도지가 품 안에 있던 비단을 꺼내 내밀었다. 그걸 본 양석창의 입가에 슬쩍 미소가 걸렸다.

"자, 그럼 어디……."

말과 함께 탁자 위에 내려놓은 비단을 건네받은 양석창은 급히 그것을 풀어헤쳤다. 그리고 언제나처럼 비단 안에는 종이 한 장이 자리하고 있었다.

금액이 워낙 컸기에 언제나 이렇게 전표로 거래를 해 왔던 사이다. 전혀 이질적이지 않은 상황에서 비단 안에 들어 있던 서찰을 펼치는 찰나.

양석창의 입가에 걸려 있던 미소가 거짓말처럼 사라졌다.

"……이게 무슨 장난질이오?"

손에 들려 있는 전표.

평소와 같다면 건네받을 금액과 전장의 직인이 찍혀 있어야 했다.

그런데 지금 받은 이 전표는…… 백지였다.

불쾌한 표정으로 양석창이 고개를 들어 올리며 왕도지를 바라봤다.

그러고는 곧바로 말을 이었다.

"이건 그냥 백지 아니오. 대체 지금 뭐 하자는 거요?"

자신을 향해 눈을 부라리며 말하는 양석창의 모습에 왕도지는 픽 웃었다.

지금 이 상황에 자신에게 큰 소리를 낸다라…….

왕도지의 입이 슬그머니 열렸다.

"뭐긴 뭐야. 네가 죽을 거라는 뜻이지."

왕도지가 돌변한 말투로 내뱉은 말의 의미를 양석창이 채 깨닫기도 전.

팍!

순식간에 자리를 박차고 일어난 왕도지의 손이 양석창의 입을 틀어막았다. 놀란 그가 반항을 하려 했지만 그건 불가능했다.

왕도지는 십천야의 일인.

평범한 무인인 양석창 정도가 반항할 수 있는 수준이 아니었다.

입을 틀어막은 채로 순식간에 그를 제압한 왕도지가 비웃으며 입을 열었다.

"멍청하긴. 살려 달라고 빌어도 모자랄 상황에 누구한테 큰소리야? 필요해서 대우 좀 해 줬더니 네놈이 나와 동급이라고 여겼더냐."

말과 함께 왕도지의 손이 그의 복부를 찌르고 들어갔다.

콰드득.

살갗을 찢고 들어간 손날을 타고 엄청난 양의 피가 줄줄 흘러나왔다. 동시에 입을 틀어 막힌 양석창의 얼굴이 고통으로 일그러졌다.

"우우우웁!"

허나 그 비명 소리는 그리 크지 못했다.

완벽하게 입을 틀어막힌 탓에 그저 자그마한 신음 소리를 토해 내는 것이 전부였다. 복부가 찢기며 동시에 입에서도 각혈하듯 피가 터져 나왔다.

그 때문에 입을 틀어막고 있던 왕도지의 손바닥도 피투성이가 되었지만…….

왕도지는 아랑곳하지 않고 복부에 박아 넣은 손에 점점 힘을 불어넣었다. 그럴수록 양석창의 안색은 더욱 나빠질 수밖에 없었다.

이미 내장까지 손상을 입은 상황.

양석창의 숨통을 서서히 끊어 가던 왕도지가 자신을 바라보는 그의 시선을 마주한 채로 다시 입을 열었다.

"너무 억울해하지 말라고. 원래부터 넌 죽을 운명이었거든. 다만…… 그 시기가 조금 빨라진 것뿐이야."

천무진에게 양가장의 존재가 들통난 이상 더는 이들이 필요하지 않았다.

흑주염을 제련하는 방법을 아는 기술자들도 자신들의 손

아귀에 들어온 지금, 굳이 혹시 모를 위험 부담을 안고 양가장과 함께 가야 할 이유는 없었으니까.

양석창은 욕심이 많았다.

그 때문에 이용하기 좋았지만 반대로 또 믿을 수 있는 인물도 아니었다. 이득이 된다면 언제라도 다른 편에 붙어먹을 수 있는 작자였으니까.

그런 양석창을 살려 둔다면 두고두고 후환이 될 수 있었다.

지금만 해도 그렇다.

만약이라도 천무진을 만나 뭔가 자신에게 불리한 상황이 된다면…… 무슨 짓을 벌일지 장담할 수 없는 자였다. 양석창이 입을 열게 되면 십천야가 입을 피해는 상상 이상이었다.

그랬기에 양석창은 애초에 때가 되면 제거할 대상이었다.

그저 방금 말한 대로 천무진에게 양가장의 정체가 탄로 나며 그 시기가 조금 앞당겨졌을 뿐이지, 결국 양석창은 이렇게 죽을 운명이었던 것이다.

몸속 더욱 깊숙이까지 손을 쑤셔 넣던 왕도지가 천천히 양석창의 귓가로 자신의 입을 가져다 대고는 속삭였다.

"네 쓸모가 이제 다했거든. 그러니 이제 그만…… 죽으라고."

말과 함께 양석창의 몸 안에 박혀 있던 그의 손바닥에서 내공이 폭발했다. 동시에 양석창의 몸이 튕겨져 나가 그대로 벽에 충돌하더니, 이내 바닥으로 널브러졌다.

양석창을 향해 다가간 왕도지는 그를 내려다보며 피식 비웃음을 흘렸다.

피투성이가 된 방 안.

그리고 쓰러져 있는 양가장의 장주 양석창.

몸 안의 모든 장기들이 터져 나갔으니 살아 있을 리 만무했다.

양석창이 죽은 걸 확인한 왕도지는 이내 자신의 손바닥을 내려다봤다. 피투성이가 된 양손을 그는 가볍게 털었다.

그때 장주의 거처 바깥쪽에서 서둘러 다가오는 인기척이 느껴졌다.

그러고는 곧장 닫혀 있던 장주의 방문이 열렸다.

밖에서 나타난 이는 왕도지의 수하였다.

"대장! 급한……."

말을 내뱉던 그는 순간 멈칫했다.

피투성이가 된 방 안의 모습이 꽤나 끔찍했기 때문이다.

그쪽을 향해 슬쩍 시선을 던진 왕도지가 물었다.

"무슨 일이야?"

왕도지의 목소리에 정신을 차린 수하가 서둘러 다시 입

을 열었다.

"대장 큰일입니다."

"뭔데?"

옆에 있는 천에 손에 묻은 피를 슥슥 닦아 내며 대수롭지 않게 묻는 바로 그때, 수하가 말을 받았다.

"천룡성의 무인이 마을에 나타났답니다. 곧 양가장에 들이닥칠 겁니다."

수하의 그 말에 왕도지의 표정이 급변했다.

"……뭐?"

* * *

마교로 가려던 계획을 바꾸고 양가장을 일차 목적지로 바꾼 천무진 일행. 그들은 무척이나 빠르게 움직였다.

언제나처럼 최소한의 수면 시간을 제외하고는 줄곧 움직여 대는 탓에 한천은 연신 투덜거렸다. 허나 그도 언제나처럼 말만 그렇게 할 뿐이었지, 그런 무리한 일정에 전혀 지치는 기색 없이 따르고 있었다.

말을 타고 달리는 것이 오히려 쉬는 시간이었고, 많은 부분 경공을 사용하며 양가장을 향해 움직였다. 거기다 네 사람 모두 무공이 뛰어난 덕분에 그 속력은 가히 어마어마했다.

그 덕분에 다른 이들이라면 아무리 서두른다 해도 도착하기 어려울 단시간 안에 그들은 양가장이 있는 마을인 준양에 모습을 드러낼 수 있었다.

준양에 도착하기 무섭게 천무진은 곧바로 일행을 둘로 나눴다.

양가장에 대한 정보를 건네받기 위해 백아린과 한천은 적화신루와 관련된 이를 만나러 움직였고, 천무진과 단엽은 곧장 양가장으로 향했다.

그렇게 도착한 양가장.

천무진과 단엽은 곧장 머뭇거림 없이 양가장의 정문을 박차고 안으로 들어섰다.

양가장을 지키는 몇몇 무인들이 그런 둘을 막아서려 했지만 사실 그건 불가능한 일이었다.

"비키라고."

단엽이 가볍게 주먹을 휘두르자 둘을 막으러 나온 이들이 밀려 나가며 바닥에 쓰러졌다. 너무도 실력 차이가 나는 상대들이었기에 오히려 힘 조절을 하는 것이 어려울 정도였다.

단엽은 손속에 크게 사정을 두고 있었다.

그 이유는 아직 양가장이 십천야와 어떤 관계에 있는지 정확하게 파악되지 않아서다.

양가장 자체가 악행을 저지른 것일 수도 있지만, 아무것도 모르는 상태에서 어떠한 거래가 되고 있었던 걸지도 모른다.

거기다가 설령 십천야와 모종의 관계라 할지라도 수뇌부가 아닌 아랫사람들까지 관련되었을 확률은 극히 적었다.

그랬기에 일부러 일반 무인과 같은 이들은 가볍게 제압하며 목적지인 장주의 거처로 다가가고 있었다.

순식간에 내부의 무인들을 제압한 두 사람은 금방 장주의 거처에 도착할 수 있었다.

입구를 지키고 있던 무인이 황급히 검을 뽑아 들며 외쳤다.

"누구인지 신분을……!"

허나 채 말이 끝나기도 전이었다.

스윽.

귀신처럼 사라졌던 단엽의 몸이 순식간에 사내의 뒤편에서 모습을 드러냈다.

타앙!

뒤편에서 가볍게 손을 움직이자 입구를 지키던 무인이 들고 있던 검이 바닥으로 떨어졌다.

갑작스레 뒤에서 나타나 검을 떨어트리는 상대의 놀라운 움직임에 그가 사색이 되었을 때였다.

단엽이 입을 열었다.

"어이, 장주 안에 있냐?"

단엽의 질문에 사내가 마른침을 꿀꺽 삼키며 입을 열었다.

"대관절 두 분은 누구시기에……."

"됐고, 빨리 안내나 해. 장주한테 할 이야기가 있어 찾아온 거라서. 괜히 시간 끌면 부수고 들어갈 테니 그 전에 좋게 말로 하자고."

대수롭지 않게 말을 내뱉었지만, 말과 함께 주먹을 들어 올리는 단엽의 행동에 사내는 잔뜩 긴장한 얼굴이었다.

그런 그의 어깨를 툭 치며 단엽이 말을 이었다.

"뭐해. 빨리 안내하라고."

결국 떠밀리시다시피 사내는 장주의 거처가 있는 장원 안으로 밀려 들어갈 수밖에 없었다.

그렇게 안으로 들어서서 몇 걸음 걸어가던 단엽이 갑자기 움찔했다.

장주의 거처까지는 제법 거리가 있었지만 그럼에도 불구하고 눈치챈 것이다.

저 안에서 흘러나오는 미세한 피 냄새를.

단엽이 다급히 고개를 돌리며 뒤편에 있는 천무진을 불렀다.

"주인!"

안에서 풍겨져 나오는 피 냄새를 감지한 건 비단 단엽뿐만이 아니었다. 이미 눈치를 챘는지 천무진의 표정 또한 딱딱하게 굳어 있었다.

단엽이 옆에 있는 사내의 팔목을 움켜쥐고는 재빠르게 거처를 향해 몸을 날렸다.

순식간에 입구 앞에 도착한 그가 문을 열어젖혔다.

그렇게 드러난 장주의 방 안.

방 안의 모습을 확인한 단엽이 미간을 찌푸렸다.

동시에 옆에 자리하고 있던 양가장의 무인 또한 방 안의 모습을 볼 수 있었다.

"히, 히이익!"

방 안을 보고는 놀란 그가 뒷걸음질 치더니 결국 바닥에 주저앉고야 말았다.

온전하지 못한 시체에 피범벅이 된 방 안.

그가 놀라는 건 당연했다.

시체를 바라보던 단엽이 고개를 저으며 중얼거렸다.

"젠장, 끔찍하게도 당했군."

시체의 상태나 주변으로 튄 피만 봐도 대충 어떤 방식으로 죽었는지 가늠하는 건 그리 어렵지 않은 일이었다.

꽤나 고통스러운 죽음을 맞이했을 게 분명했다.

놀란 듯 바닥에 주저앉은 양가장의 무인 옆으로 다가간 천무진이 입을 열었다.

"어이, 저기 죽어 있는 저자가 양가장 장주 맞아?"

물어 오는 질문에 사내는 대답 대신 고개를 마구 끄덕였다. 지금 이 상황이 믿기지 않는지 그는 무척이나 멍한 얼굴이었다.

그때 방 안으로 들어선 단엽이 바닥을 확인하기 위해 몸을 낮췄다. 그러고는 이내 손가락으로 곳곳에 쏟아져 있는 피를 어루만졌다.

이미 피가 응고되어 딱딱하게 굳어져 있긴 했지만…….

손가락에 묻은 피를 지그시 바라보는 단엽을 향해 천무진이 물었다.

"언제 당한 것 같아?"

"……방금."

단엽이 짧게 답했다.

정확한 시간까지야 알 순 없겠지만 이 정도라면 당한 지 채 반 시진도 되지 않은 것 같았다.

손가락에 묻은 피에서 시선을 돌린 단엽이 뒤편에 자리한 천무진을 올려다보며 입을 열었다.

"아무래도 그놈들 소행인 것 같은데."

"……한발 늦었군."

당한 지 얼마 되지 않은 시신.

얼추 자신들이 이곳 준양에 들어설 때 즈음 이자는 죽음을 맞이한 것으로 보였다.

장주인 양석창이 뭔가를 알고 있었고, 그걸 숨기기 위해 그를 죽인 것이 분명했다.

'그들이 예상치 못할 만큼 은밀하고 빠르게 움직였다 생각했는데 이 정도로 대비가 되어 있었단 건가?'

너무도 빠른 대비에 천무진은 주먹을 움켜쥐었다. 그로 인해 결정적인 단서를 얻을 기회를 놓쳐 버렸다는 생각이 들어서다.

초조함이 밀려들며 마음이 복잡해졌다.

이대로 조사를 해서 뭔가를 더 알아낼 가능성도 배제할 순 없겠지만…… 글쎄.

과연 그게 얼마나 큰 단서가 될 수 있을까?

이미 장주까지 제거한 그들이 어떠한 단서를 남겨 두긴 했을지 막막하기만 했다.

이마를 감싸 쥔 천무진이 한숨을 내쉬었다.

"하아."

결국 이렇게 또 그들의 뒤를 잡을 단서를 놓쳐 버리고야 말았다.

아무런 소득도 없이 이렇게.

바로 그때였다.

뒤편에서 누군가가 빠른 걸음으로 달려왔다.

"어휴, 이게 뭡니까?"

방 안을 바라보며 기겁한 듯 말을 하는 상대.

백아린과 함께 움직였던 한천이 모습을 드러낸 것이다.

방 안으로 성큼 들어선 한천은 사방으로 튄 피를 피해 걷다 이내 단엽을 향해 물었다.

"이거 네가 한 건 아니지?"

"설마 이게 내가 한 짓이겠냐? 난 이렇게 더럽게 안 싸워."

퉁명스레 말을 내뱉는 단엽을 향해 한천이 재차 물었다.

"그럼 이건 누구 짓이래?"

"그걸 우리가 어떻게 알아. 왔을 때 이미 이렇게 엉망이던데. 아마도 십천야와 관련된 그놈들 소행이겠지. 젠장, 이렇게 놓치다니."

단엽이 말을 내뱉는 바로 그때였다.

한천이 갑자기 뭔가를 떠올렸는지 고개를 갸웃하며 말을 내뱉었다.

"어라?"

갑작스럽게 내뱉은 그 목소리에 천무진과 단엽의 시선이 한천에게로 향한 그때였다.

한천이 놀란 듯 중얼거렸다.

"이거 우리 대장이 또 뭔가 한 건 해낸 것 같은데요."

"그게 무슨 소리야?"

천무진이 의아하다는 듯 물었다.

그러자 한천이 그런 그의 질문에 답했다.

"저희 대장이 따라갔거든요."

"따라가다니? 누굴?"

이해가 안 간다는 얼굴로 물어보는 천무진을 향해 한천이 슬그머니 입을 열었다.

"……피 냄새가 나는 자를 발견했거든요."

5장. 왕도지
— 우연이라

적화신루 쪽 사람들을 만나 양가장에 관련된 모든 정보들을 전달받은 백아린과 한천은 빠르게 움직이고 있었다.

빠르게 휘몰아칠 생각에 두 개로 일행을 나눴고, 임무를 마쳤기에 최대한 빠르게 천무진과 단엽이 있는 쪽으로 합류하려고 하는 것이다.

그렇게 양가장으로 나아가는 도중 한천이 말을 걸어왔다.

"두 사람은 벌써 도착했겠죠?"

"아무래도."

시간상으로 봤을 때 지금쯤이면 천무진과 단엽은 양가장

에 들이닥쳤을 게다. 좋은 만남이 될 확률이 적으니 지금쯤 뭔가 일이 벌어졌을지도 모르지만…….

큰 걱정은 들지 않았다.

천무진과 단엽, 둘이 같이 있는 이상 위험한 일이 벌어질 확률은 극히 적었으니까.

허나 혹시 모를 일 또한 방비해야 할 터.

백아린이 짧게 말을 이었다.

"서두르자고."

"그러죠, 대장."

그렇게 두 사람이 짧게 대화를 나누며 양가장을 향해 움직이고 있는 그때, 맞은편 멀리에서 누군가가 모습을 드러냈다.

그자의 정체는 다름 아닌 방금 전 양가장에서 장주의 목숨을 거둔 왕도지였다.

이 마을에 천무진이 도착했다는 사실을 전해 들은 그가 빠르게 움직이고 있었다.

솔직히 왕도지로서는 지금의 이 상황이 쉬이 납득하기 어려웠다. 천무진이 벌써 이 마을에 도착하다니? 그게 말이나 되는 일이란 말인가.

'치잇, 이렇게 빨리 도착할 줄은 생각도 못 했는데.'

오늘까지 일을 마무리 지으려고 했던 건 천무진의 도착

일이 아무리 빨라도 이틀은 더 걸릴 거라는 판단이 섰기 때문이다.

그런데 벌써 이곳에 도착했다니, 생각도 하지 못한 일이었다.

예상을 훨씬 웃돌 정도로 빠르게 도착한 천무진 일행.

그랬기에 왕도지는 급할 수밖에 없었다.

선산에 있는 비밀 거점에는 아직 완성되지 않은 제련된 흑주염이 자리하고 있다. 마지막 단계를 거치고 있는 흑주염들.

그것이 마무리되기 위해서는 방금 전 장주인 양석창이 말했던 대로 한 시진에서, 두 시진에 가까운 시간이 필요했다.

원래 계획대로라면 그것까지 완성을 시키고 옮기는 걸로 이번 임무는 끝이었다.

허나 아쉽게도 지금은 그럴 만한 여유가 없었다.

'그놈들의 정보력이라면…… 언제 선산을 덮칠지 모른다.'

적화신루의 정보를 등에 업은 천무진은 매번 십천야를 곤란하게 만들었다. 그 사실을 알고 있었기에 왕도지로서는 다소 과감한 결단을 내린 상황이었다.

지금 만들어지고 있는 제련 중인 흑주염을 포기한 것이다.

그것의 완성까지 기다렸다가는 뒤를 잡힐 공산이 컸다. 그렇지만 만들어지고 있는 흑주염을 그냥 두고 떠날 수도 없는 상황, 결국 이렇게 직접 선산을 향해 움직이고 있었다.

만들어지는 그 흑주염들을 직접 없애기 위해서다.

천무진의 손에 제련된 흑주염만큼은 들어가면 안 되었기에 왕도지는 그것들을 직접 없애는 과감한 결단을 내린 것이다.

천무진 일행이 마을에 도착했다는 정보를 듣기 무섭게 양가장을 떠난 그다. 천무진 측이 도착하고 상황을 확인한 직후 선산의 존재를 알아내 바로 움직인다 해도…… 최소한 시진 이상의 시간은 소요될 터.

그때라면 이미 자신은 제련 중인 흑주염을 없애고 사라져 있을 게다.

현재 완성 막바지에 다다른 제련 중인 흑주염을 포기하는 것이 무척이나 아쉬웠지만…….

'반나절만 더 시간이 있었다면 되었을 터인데.'

아쉬움을 삼키며 왕도지는 빠르게 걸음을 옮겼다. 혹시 모를 상황을 대비해 최대한 티를 내지 않으며 사람들 사이에 묻혀 움직이는 중이었던 그의 옆으로 백아린과 한천이 스쳐 지나갔다.

그렇게 막 왕도지의 옆을 지나쳐 간 직후.

백아린의 눈썹이 꿈틀했다.

동시에 한천의 귓가로 그녀의 전음이 날아들었다.

『부총관. 방금 지나간 그자 봤어?』

걸음도 멈추지 않은 채로 날아든 전음. 마찬가지로 한천 또한 전혀 내색하지 않으며 그 전음을 받아 냈다.

『냄새 한번 지독하네요. 숨기려고 애쓴 모양이긴 한데…… 그래도 피 냄새는 쉽사리 감추기 어렵죠.』

옷도 갈아입고, 손에 묻은 피도 닦아 냈지만, 미약하게 남아 있던 혈향.

백아린과 한천은 그것을 놓칠 정도로 만만한 무인들이 아니었다.

피 냄새를 확인한 순간 백아린은 잠시 고민했다.

저 피 냄새의 이유를 알지 못한다. 저자가 살수일 수도 있고, 다른 누군가를 죽였을 확률도 분명 있었다.

그런데 왜일까?

백아린의 감각이 계속해서 말하고 있었다.

뭔가 수상하다고.

심각한 표정을 지은 채로 걸어 나가는 백아린의 얼굴을 바라보던 한천이 전음을 날렸다.

『어떻게 하시려고요?』

물어 오는 그의 질문에 결국 백아린은 결정을 내렸다. 그녀는 적화신루에서 얻은 양가장의 정보가 적혀 있는 서류 더미를 한천에게 들이밀었다.

『……이거 받아.』

『쫓으시려고요?』

『응, 그냥 보내기엔 뭔가 느낌이 안 좋아서. 그 사람한테는 말 잘 전해 줘. 혹시 별일 아니면 금방 양가장으로 갈게.』

『알겠습니다, 대장.』

서류를 건네받는 한천을 향해 백아린이 작게 고개를 끄덕이고는 곧장 몸을 돌렸다.

그런 그녀를 향해 한천이 서둘러 전음을 보냈다.

『대장, 조심하시고요.』

『걱정은.』

가볍게 픽 웃음을 흘려보낸 백아린은 곧장 피 냄새를 감춘 채로 걸어가는 왕도지를 따라 움직이기 시작했다.

다소 거리가 벌어지긴 했지만 덩치가 큰 탓에 찾는 건 어렵지 않았다.

그리고 애초에 너무 가까이 붙을 생각은 없었기에 지금 이 정도가 딱 좋은 거리였다.

그렇게 백아린은 왕도지의 뒤를 쫓으며 움직이고 있었다.

'어디로 가는 거지?'

슬쩍슬쩍 주변을 살피며 나아가는 왕도지의 뒤를 쫓는 백아린의 움직임은 은밀했다. 사람들 사이에 섞인 채로 그렇게 쫓아가던 도중 왕도지가 마을 바깥으로 나섰다.

그리고 마을 바깥으로 빠져나와 인적이 없는 장소에 이르기 무섭게 경공을 펼치며 순식간에 날아올랐다.

그의 모습이 사라지는 그 순간.

스윽.

뒤편에서 백아린이 모습을 드러냈다.

순식간에 보이지 않게 된 뒷모습.

하지만…….

'……놓치지 않는다고.'

의미심장한 표정과 함께 백아린의 신형 역시 순식간에 사라졌다.

양가장 소유의 선산에 자리한 커다란 창고.

목적지인 창고에 도착한 왕도지가 내부로 들어서고 있었다.

들어선 창고 내부에는 그 누구도 자리하지 않고 있었다. 오전 중에 이미 기술자들은 모두 다른 곳으로 보내 뒀기 때문이다.

창고 내부에는 마지막 단계로 향해 가고 있는 흑주염만이 자리하고 있을 뿐이었다.

긴 비단 위에 쌓여 있는 흑주염을 향해 다가간 왕도지는 손으로 그것들을 어루만졌다.

그러고는 이내 짧게 소리를 내뱉었다.

"끙, 거의 다 되었는데 말이야."

정말 조금의 시간적 여유만 있다면 완성될 상황이었지만 왕도지는 욕심을 버렸다.

이만한 양을 다시 만들어 내기 위해 그만큼 많은 시간과 금전적인 손해를 보긴 하겠지만 그래도 이것이 천무진의 손에 들어갈 조금의 가능성이라도 막는 것이 더 중요했으니까.

"아쉽지만…… 어쩔 수 없나."

말과 함께 왕도지는 허리춤에 차고 있던 술통을 꺼내어 들었다. 제법 많은 양의 술이 담긴 그 술통의 뚜껑을 연 왕도지가 막 그걸 흑주염의 위로 들이부으려는 바로 그 찰나.

움찔.

순간 뒤편에서 묵직한 무엇인가가 날아드는 걸 느낄 수 있었다.

부우웅!

황급히 몸을 돌린 왕도지는 서둘러 도를 꺼내어 들며 날아드는 정체불명의 뭔가를 막기 위해 움직였다. 그리고 날아드는 것의 정체를 확인하는 순간 왕도지의 눈동자가 커졌다.

'대검?'

무식할 정도의 크기를 자랑하는 커다란 대검이 번개처럼 자신에게 날아들고 있었다. 그리고 그 대검을 쥐고 흔드는 여인의 모습도 덩달아 눈에 들어와 박혔다.

백아린, 그녀가 성난 맹수처럼 치고 들어오고 있었다.

카앙!

가까스로 막아 낸 공격, 그렇지만 대검에 실린 힘이 얼마나 컸는지 왕도지의 몸은 그대로 창고의 벽을 뚫고 바깥까지 날아가 버렸다.

황급히 바닥에 착지해 내긴 했지만, 파괴력이 얼마나 강한지 몸은 계속해서 뒤로 밀려 나갔다.

콰드드득.

땅에 두 개의 긴 줄이 만들어지면서 왕도지가 가까스로 몸을 멈춰 세웠다.

그는 잔뜩 긴장한 얼굴로 눈앞에 위치한 창고를 응시했다. 그리고 때마침 왕도지와 충돌하며 부서진 벽의 구멍으로 백아린이 걸어 나오고 있었다.

구멍 앞에 선 그녀가 대검을 어깨 위에 떡하니 걸쳐 놓은 채로 왕도지를 응시했다.

백아린이 입을 열었다.

“어쩌지. 그 술병에 담긴 게 뭔가 중요했던 것 같은데…… 이제 무용지물이 되어 버려서.”

그녀의 말에 왕도지는 손에 들려 있던 술병을 바라봤다.

백아린의 공격의 충격파 때문인지 술병은 이미 쥐고 있던 주둥이 부분을 제외하고는 완전히 깨져 나가 버린 상태였다.

그 때문에 안에 담긴 내용물 또한 모두 쏟아져 버린 상황.

왕도지가 백아린을 향해 나지막이 입을 열었다.

“넌…… 누구지?”

“그쪽이 날 모르지는 않을 텐데. 날 죽이려고도 했던 자들이잖아.”

다른 십천야였던 주란의 일을 떠올리며 내뱉은 백아린의 말에 왕도지는 잔뜩 표정을 구겨야만 했다.

떠오르는 이름이 하나 있었으니까.

적화신루의 총관 백아린.

왕도지는 쥐고 있던 술병의 주둥이 부분을 옆으로 휙 내던졌다.

상대가 누구인지는 잘 알고 있었다.

십천야 내에서도 화제의 인물이었으니까.

'……역시 그 백아린이라는 계집이구나.'

천무진의 옆에서 큰 조력자로 활약하는 여인.

왕도지가 물었다.

"여길 어떻게 알고 나타난 거지?"

이해가 안 된다는 듯 물어 오는 왕도지를 향해 백아린이 픽 웃으며 대답했다.

"어떻게 알고 나타나긴. 네가 여기까지 친절하게 안내해 줬잖아."

"……내 뒤를 쫓아왔다고?"

"응, 마을에서부터."

돌아오는 백아린의 대답에 왕도지는 놀란 속내를 감추기 어려웠다. 이곳까지 오는 내내 그 누군가가 자신의 뒤를 쫓고 있다는 사실을 전혀 눈치채지 못했으니까.

덩달아 또 하나의 의문이 들었다.

대체 어떻게 자신이 십천야의 인물이라는 걸 알고 뒤를 쫓았는가다. 천무진 일행을 피하기 위해 서둘러 양가장을 빠져나와 눈에 뜨이지 않게 움직인 그다.

왕도지가 당황한 얼굴로 다시 물었다.

"날 어떻게 알아보고?"

"어떻게 모를 수 있겠어. 그렇게 피 냄새가 진동을 하는데."

백아린의 대답에 그제야 왕도지는 대충 상황을 파악할 수 있었다. 딴에는 완벽하게 지웠다 생각했거늘 미세하게 남은 그 피 냄새 때문에 이처럼 뒤를 잡혀 버린 모양이다.

'버러지 같은 놈이 끝까지 사람을 번거롭게 하는군.'

자신이 죽인 양가장의 장주 양석창을 떠올리며 왕도지는 이를 갈았다. 결국 그를 죽이며 묻은 피 때문에 이렇게 곤란한 상황이 되었다 생각돼서다.

이를 꽉 깨물던 왕도지가 이내 주변을 확인했다.

뒤를 잡혀 꼴이 우습게 되어 버렸지만…… 그나마 다행이라면 백아린을 제외하고는 그 누구의 모습도 보이지 않는다는 것이었다.

만약에 천무진까지 이곳에 나타났다면 정말로 곤란했을 테니까.

도를 움켜쥔 왕도지는 자신의 앞에서 한 치의 긴장도 없이 서 있는 백아린을 응시했다.

마음에 들지 않았다.

자신을 똑바로 바라보는 저 시선이.

마치 자기 정도는 아무것도 아니라는 듯한 저 자신감이 말이다.

왕도지가 입을 열었다.

"주란이 네게 당했다며? 그거 하나 믿고 이리 까부는 모양인데…… 난 그렇게 우연이라는 게 통하는 상대가 아니다."

왕도지는 처음부터 적화신루의 총관에 불과한 백아린이라는 인물에게 주란이 졌다는 사실을 쉽사리 납득하지 못했다.

현실적으로 그게 말이나 될 소리인가?

적화신루의 사총관 따위에게 십천야가 지다니.

그건 불가능한 일이었다.

뭔가 우연이 겹치지 않고서는 절대 일어날 수 없는 일.

그런 왕도지의 말에 백아린이 중얼거렸다.

"우연이라……."

어깨에 걸쳐 메고 있던 대검을 슬그머니 아래로 내린 그녀가 말을 이었다.

"어쩌지? 그 우연이라는 것이 오늘도 당신들 편은 아닐 것 같은데."

* * *

백아린의 자신만만한 한마디가 의미하는 건 하나였다.

자신이 이긴 건 우연이 아니라는 것.

그런 그녀와 마주한 왕도지는 손에 든 도에 내력을 불어넣었다.

'시간이 얼마 없다.'

당장에는 천무진이 보이지 않지만, 결국 언제라도 그가 나타날 수 있는 상황이다. 최대한 빠르게 백아린을 제거하고 이곳에 남아 있는 흑주염 역시 모두 없애야 한다.

이런 상황이다 보니 상대의 실력을 파악하고 전략을 짤 여유 따위는 없었다.

부웅!

가볍게 허공을 가르며 도를 움직인 왕도지가 빠르게 움직였다.

순식간에 거리를 좁혀 나간 그가 옆으로 움직이는 백아린을 향해 자신의 도를 휘둘렀다. 왕도지의 도에서 순식간에 수십여 개의 도기가 피어오르며 백아린이 움직이는 장소를 노리고 날아들었다.

콰콰콰쾅!

도기가 휩쓸어 버린 공간에서는 큰 폭음과 함께 흙먼지가 자욱하게 피어올랐다.

하지만…….

부와아악!

흙먼지를 가르며 커다란 대검 한 자루가 밀려들었다. 바닥에 착지하던 왕도지는 밀려드는 공격에 황급히 도를 움직였다.

캉!

그렇지만 힘에서 밀린 탓에 도는 위로 밀려 나갔고, 흙먼지 사이에서 백아린의 신형이 모습을 드러냈다.

순식간에 나타난 그녀가 반대편 손바닥으로 가슴을 후려쳤다.

장력이 밀려드는 걸 확인한 왕도지가 빠르게 손등을 이용해 날아드는 손바닥을 옆으로 밀쳐 냈지만 아슬아슬하게 장력이 어깨에 적중했다.

"큭!"

상체가 흔들리는 그 찰나의 순간.

허공으로 뛰어올랐던 백아린의 발이 왕도지의 얼굴로 날아들고 있었다.

빠악!

황급히 고개를 숙였지만 날아든 발바닥이 그의 얼굴을 후려쳤다. 순간적으로 머리를 적중당한 왕도지는 몸을 휘청일 수밖에 없었다.

그사이에 백아린의 대검이 균형을 잡으며 빠르게 날아들었다.

허나 왕도지 또한 만만한 인물은 아니었다.

재빠르게 그가 날아드는 대검을 도로 받아 냈다.

드드드득!

몸이 밀려 나가며 가까스로 공격을 받아 낸 왕도지는 절로 마른침을 삼킬 수밖에 없었다.

'대체 이 힘은 뭐야?'

전신이 근육으로 뒤덮였고, 힘이라면 어디 가서도 밀리지 않는다 자부해 오던 그다. 그런 자신이 이처럼 호리호리한 여인에게 힘에서 밀리고 있었다.

대체 어떻게 생겨 먹은 자이기에…….

대검을 든 채로 힘 싸움을 걸어오는 백아린, 그런데 점점 밀려 나가고 있는 건 자신이었다.

강하게 밀고 들어오는 백아린과 그걸 어렵사리 버티고 서 있는 왕도지. 그리고 점점 왕도지의 팔이 안쪽으로 꺾이고 있었다.

"으으으!"

왠지 모를 패배감이 치밀어 올랐기에 이를 부드득 갈던 왕도지는 결국 발을 사용해 그녀를 밀쳐 냈다. 그 덕분에 맞닿아 있던 상황에서 벗어나는 건 성공했지만 기분은 썩 유쾌하지 못했다.

자신이 힘 싸움을 견디다 못해 피해 버린 모양새였기 때문이다.

그런 수치심을 지우기 위해서일까?

왕도지는 백아린을 밀어내는 것과 동시에 빠르게 도를 위에서 아래로 후려쳤다. 찰나의 움직임, 그런데 그 짧은 순간에도 도에는 어마어마한 내력이 몰려들었고 이내 그것은 강렬한 강기가 되어 쏟아져 나갔다.

폭렬쇄(爆裂碎)!

곤(丨)으로 그어지는 간단해 보이는 움직임.

그런데 그 움직임만으로도 놀라울 만큼 많은 힘이 뿜어져 나왔다. 마치 하늘에서 비가 쏟아져 내리는 것처럼 연달아 강기가 바닥을 두드렸다.

두두두두두!

선산을 쪼개 버릴 것만 같은 강기가 연신 바닥을 찢어발기는 그때였다.

백아린의 몸이 빠르게 뒤로 움직이며 공격 범위 안에서 벗어나고 있었다.

그런 그녀를 향해 왕도지가 성큼 걸음을 내디디며 도를 휘둘렀다.

부웅!

백아린은 몸을 낮추며 날아드는 공격을 피해 냈다.

서걱.

그녀의 뒤편에 줄지어 있던 나무들이 종잇장처럼 찢겨 나갔다. 보이지 않는 무형의 기운을 쏘아 보냈지만 백아린은 단번에 알아차리고 그걸 흘려 버린 것이다.

순식간에 공격을 쏟아부은 왕도지가 재빠르게 뒤로 물러서며 다시금 도를 움직였다.

피어오른 강기가 백아린을 덮치려는 그 순간.

그녀의 손에 들린 대검이 허공을 갈랐다.

파파파팡!

강기가 주변으로 밀려 나가며 백아린의 몸이 곧장 왕도지를 향해 치고 들어왔다.

'이런 망할!'

너무도 쉽게 강기를 받아치며 거리를 좁혀 오는 백아린의 움직임은 치명적이었다. 왕도지는 서둘러 주먹을 휘둘렀다.

그런데 주먹이 향하는 곳은 백아린이 아닌 바닥이었다.

그의 주먹이 향한 곳에는 커다란 바위가 있었는데, 힘이 전해지자 허공으로 치솟아 오르며 백아린을 향해 밀려 나갔다.

달려들던 그녀는 시야를 가리며 날아드는 돌을 주먹으로 쳐 냈다.

웬만한 장정보다 커다란 바위의 정중앙에 박힌 백아린의

주먹. 동시에 바위가 가루가 되며 주변으로 쪼개져 나갔다.

그렇게 바위가 눈앞에서 사라지는 순간, 회전하고 있는 왕도지가 눈에 들어왔다.

용권풍이 치솟듯 바닥에서부터 회전하던 그가 하늘을 향해 날아올랐다. 동시에 백아린의 몸 또한 휘둘러지는 도의 간격 안으로 빨려 들어갔다.

카카캉!

연달아 날아드는 도를 백아린은 대검을 이용해 서둘러 막아 냈다.

소맷자락이 바람에 휩싸이며 터져 나갔고, 얼굴에 스치듯 핏줄기가 튀어 올랐다.

하지만 그런 상황에서도 백아린은 침착했다.

결국 중요한 건 이렇게 눈을 어지럽히는 자잘한 공격들이 아니다.

화려함 속에 감춰져 있을 치명적 일격.

그걸 놓쳐선 안 됐다.

그 순간 백아린의 감각 안에 미묘한 움직임이 감지됐다. 휘몰아치던 바람이 왕도지의 도로 빨려 들어가는 듯한 느낌이었다.

순간 왕도지가 백아린을 향해 방금과 전혀 다를 것 없는 공격을 펼쳐 냈다.

허나 뭔가를 알아차린 듯 백아린은 방금과 다르게 슬쩍 옆으로 물러서며 대검으로 그 공격을 받아치기보다는 가볍게 흘려 내는 쪽을 선택했다.

그렇게 옆으로 밀려 나간 도.

그리고 그 도에서 맹렬한 기운이 터져 나왔다.

쿠콰콰쾅!

허나 옆으로 도를 흘려 낸 덕분에 그 공격은 백아린의 옆쪽으로 빗나갈 수밖에 없었다.

바로 그때였다.

뻐억!

허공에 떠 있는 상태에서 날아든 백아린의 주먹이 비어 있는 왕도지의 복부에 정확하게 틀어박혔다. 왕도지는 그대로 바닥을 나뒹굴 수밖에 없었다.

"컥컥."

황급히 몸을 일으켜 세웠지만, 왕도지는 거칠게 숨을 토해 내야만 했다.

회전하던 용권풍 속에 자리하고 있던 자신의 회심의 일격을 옆으로 흘려 낸 것만으로 모자랐는지 그녀는 정확하게 복부에 일격을 꽂아 넣었다.

그의 눈동자가 살기로 번뜩였다.

"……실력이 제법이구나."

말과 함께 도를 고쳐 잡는 왕도지를 향해 백아린이 여유 가득한 목소리로 답했다.

"이제야 좀 긴장한 모양이네?"

놀리듯 말을 내뱉는 그녀를 바라보는 왕도지의 눈동자는 낮게 가라앉아 있었다.

주란을 이긴 것이 우연이라 믿었다.

허나 직접 손을 겨뤄 보니 알겠다.

우연으로 치부하기에 백아린이라는 이 여인은…… 너무 강하다.

처음부터 방심은 하지 않았지만, 왕도지는 쉽게 여겼던 생각을 조금 바꿨다. 천무진이 나타나기 전에 서둘러 끝내려고 했던 것이 실수였다.

물론 그것이 틀린 생각은 아니었다.

다만 문제는…… 천무진을 신경 쓰기에 앞서 당장 눈앞에 있는 상대를 쓰러트리는 것이 더욱 중요했다. 다른 경우의 수까지 염두에 두며 싸워서 이길 정도로 만만한 상대가 아니었다.

자세를 잡은 왕도지의 도에서 은은한 도기가 피어올랐다.

방금 전처럼 파괴적인 힘이 느껴지지는 않았지만, 오히려 더욱 날카로워진 기세가 풍겨져 나왔다.

그만큼 그가 지금 이 상황에 집중하기 시작했다는 의미기도 했다.

유혈마라절도(有血魔羅絕刀).

왕도지가 익힌 도법으로 움직임은 간결하지만 그만큼 공격 하나하나가 묵직하게 상대를 압도해 가는 무공이다.

그의 장점인 신체적 능력을 십 할 발휘할 수 있는 무공이기도 했다.

타악.

왕도지의 발이 앞으로 내뻗어지며 땅을 밟기 무섭게 그의 손에 들린 도가 백아린을 날카롭게 파고들었다.

타앙! 탕!

백아린은 재빠르게 공격을 받아 내며 마찬가지로 묵직한 대검을 움직였다.

부웅!

캉!

흘리지 않고 받아 내긴 했지만 백아린의 대검에 실린 힘 때문인지 뒤편에 있던 나무가 흔들렸다.

대검과 도가 맞닿는 그 순간 두 사람의 내력이 폭발했다.

쿠아아앙!

서로를 향해 쏟아져 나가는 내력.

그리고 둘의 몸이 동시에 뒤로 밀려 나갔다.

허나 둘은 곧바로 지지 않겠다는 듯 자세를 고쳐 잡고는 상대를 향해 각자의 무기를 휘두르기 시작했다.

카캉! 캉! 카앙!

힘 대 힘의 대결.

서로의 장점인 힘으로 맞붙는 순간 그저 무기를 휘두르는 것만으로 주변의 것들이 초토화가 되며 으깨져 나갔다.

백아린의 대검이 그의 도를 밀쳐 내며 빈틈을 파고들었다.

피잇!

서둘러 몸을 움츠린 덕분에 치명상은 피할 수 있었지만, 팔뚝에 길게 베인 상처가 생겨나 버렸다. 허나 그 상황에서도 왕도지는 이를 악물고 공격을 펼쳤다.

지금 일격을 허용했다고 뒷걸음질 친다면, 그 순간 백아린의 공격이 휘몰아칠 것을 너무도 잘 알았으니까.

빠른 판단 덕분에 연달아 움직이려던 백아린은 휘몰아칠 흐름을 잃고 슬쩍 뒤로 물러나야만 했다.

숨을 돌리는 짧은 찰나 그녀의 움직임을 예의 주시하던 왕도지가 뒤로 두어 걸음 껑충 물러서더니 이내 빠르게 도를 양손으로 움켜잡았다.

하늘을 향해 치켜 오른 도.

그의 도에서 도강이 치솟아 올랐다.

부아아악!

순식간에 위쪽으로 솟구쳐 오른 도강은 산을 반 토막 낼 것처럼 맹렬한 기운을 쏟아 냈다.

백아린은 단번에 알 수 있었다.

'……이건 위험해.'

엄청난 내력이 실린 일격. 어중간한 정도로 받아 냈다가는 오히려 밀려드는 내력에 내상을 입게 될 수도 있었다.

상황이 그랬기에 백아린 또한 왕도지의 도강을 상대하려는 듯 하나의 무공을 펼쳤다.

그녀의 선택.

그건 바로 검왕의 무공인 나선칠선파였다.

나선칠선파를 펼치기 위해 백아린은 빠르게 몸을 움직였다. 팽이처럼 회전하기 시작한 몸, 그녀의 주변으로 밀려드는 일곱 개의 나선 모양 고리까지.

도강이 워낙 빠르게 날아들었기에 백아린은 나선칠선파를 채 완성시키기도 전에 그것을 쏟아 내야만 했다.

둘의 힘이 가까운 거리에서 충돌하며 그 충격파가 산을 흔들었다.

쿠웅!

산이 흔들릴 정도의 충격, 당연히 가까운 거리에서 상대를 향해 이처럼 위력적인 공격을 펼친 백아린과 왕도지 또한 멀쩡할 수는 없었다.

그 충격을 몸으로 받으며 두 사람이 허공으로 치솟음과 동시에 반대편으로 밀려 나갔다.

균형을 잡기 어려울 정도로 빠르게 밀려 나가던 그 찰나.

허공에서 백아린이 신속하게 왼손을 움직였다.

순간 그녀의 손을 감싸고 있는 붉은 천으로 된 장신구 속에 감춰진 은빛 실.

귀린사가 쏘아져 나갔다.

휘리릭!

귀린사는 빠르게 근처에 있던 나뭇가지에 감겼고, 그걸 이용해 그녀는 뒤로 밀려 나가던 움직임에 반동을 줄 수 있었다.

부웅!

뒤로 밀려 나가던 힘까지 이용해 세게 앞으로 날아든 백아린이 대검을 휘둘렀다.

튕겨져 나가던 상대가 오히려 그걸 이용해 더욱 빠르게 자신을 향해 날아들자 왕도지로서는 식겁할 수밖에 없었다.

'이런 젠장!'

가뜩이나 나선칠선파의 충격을 전신으로 받은 상황.

거기다 자신의 몸은 뒤로 밀려 나가고 있었고, 백아린은 반대로 반탄력까지 이용해 달려들고 있는 모양새다.

이대로 서로를 향해 무기를 휘둘렀을 경우 어느 쪽이 손해일지는 너무도 명확했다.

허나 지금으로선 손해를 보는 것 정도를 두려워할 상황이 아니었다.

잘못하면 치명상이 될 수도 있는 공격이었으니까.

피할 수도 없는 상황, 손해라는 걸 알면서도 왕도지는 날아드는 백아린의 대검을 도로 받아 냈다.

그렇지만 예상대로 힘을 버텨 내지 못한 그는 그대로 땅바닥 아래로 처박히듯 내리꽂혔다.

콰앙!

"우욱!"

입에서는 피가 터져 나왔고, 등부터 시작해서 손가락과 발가락 전신이 마치 번개라도 맞은 것처럼 저릿거렸다.

내력이 실린 백아린의 힘을 고스란히 몸으로 받은 형상이었으니 온몸의 뼈가 부서진 듯한 충격을 받는 건 당연했다.

왕도지를 바닥에 처박은 백아린은 그대로 위에서 대검을

곤두세운 채로 떨어져 내렸다.

파앙!

아슬아슬하게 몸을 굴리며 대검을 피해 낸 왕도지가 서둘러 주먹을 휘둘렀다.

재차 공격을 펼치기 위해 달려들던 백아린은 날아드는 권풍을 막기 위해 대검을 옆으로 돌리며 커다란 날로 그 충격을 버텨 냈다.

짧은 찰나긴 하지만 발을 잡아 둔 덕분에 왕도지는 위기를 넘길 수 있었다.

서둘러 몸을 일으켜 세운 그가 거친 숨을 몰아쉬었다.

"흐으, 흐으."

그가 숨을 고르며 손등으로 이마를 닦아 냈다.

방금 전 땅에 처박히며 입은 부상으로 피가 묻어 나왔다.

왕도지는 이를 악문 채로 눈앞에 있는 상대를 노려봤다. 서로를 덮친 충격파로 인해 처음과는 달리 다소 흐트러진 모양새였지만, 겨우 그뿐이다.

피를 토하고, 부상을 입은 자신과는 비교할 수조차 없는 멀쩡한 모습이었다.

순간 왕도지의 머릿속에 끔찍한 가정이 떠올랐다.

'내가…… 진다고?'

허나 이내 그는 머리를 마구 저었다.

그럴 순 없었다.

자신이 누구인가.

십천야다.

세상 위에 군림할 이들의 집단인 십천야!

그런 자신이 이런 곳에서 패할 순 없었다.

왕도지가 다시금 투지를 불태우며 백아린을 노려보고 있는 바로 그때.

그녀가 갑자기 자세를 바꿨다.

스읍.

상체를 낮췄고, 들고 있는 대검은 당장이라도 앞으로 찌를 듯이 치켜세웠다. 그 독특한 모습에 왕도지가 의아한 표정을 지어 보이는 그때였다.

백아린의 주변에 흐르던 기의 흐름이 매섭게 변했다.

좌좌좌악!

갑자기 백아린의 몸 주변으로 날카로운 칼날을 연상케 하는 검은 색의 검기들이 솟구쳐 올랐다.

새카만 기운들이 이내 모습을 바꿔 마치 꽃잎처럼 피어오르는 그 순간 세상의 모든 것들이 백아린을 감싸 안았다.

마치 수십여 개의 연꽃잎 가운데 자리하고 있는 듯한 모습.

대검을 치켜든 그녀가 짧게 말했다.

"조심하는 게 좋을 거야. 사실 이 무공이 얼마나 강할지는 나도 아직 가늠이 안 되거든."

천무진에게서 건네받은 무공.

잔마폭멸류였다.

6장. 잔마폭멸류
— 잘 받아 가지

백아린을 감싸며 아래에서부터 솟구친 검은 색의 검기들은 한 떨기의 꽃을 연상케 했다.

허나 그것은 꽃이라고 부르기엔 너무도 섬뜩했다.

스스스스!

검기가 밀려드는 스산한 소리에 왕도지의 안색이 절로 굳었다.

아직 완전히 펼쳐지지도 않은 무공.

그렇지만 왕도지는 알 수 있었다.

저 무공이…… 얼마나 위험한 것인지를.

자신도 모르는 사이 손바닥과 등에 식은땀이 줄줄 흘러

내렸다.

밀려드는 불안감, 동시에 알 수 없는 묘한 감각까지.

잠시 넋을 놓고 있었던 왕도지는 서둘러 정신을 수습했다. 지금 이대로 멍하니 있다가는 저 정체 모를 무공에 자신이 찢어발겨질지도 모른다는 사실을 깨달았으니까.

백아린의 잔마폭멸류를 마주한 상황에서 왕도지가 내린 선택은 하나일 수밖에 없었다.

비격전십이사(飛擊戰十二死).

그가 지닌 최강의 무공이자, 무림에서는 오래전에 실전되었다고 알려진 도살객(刀殺客)의 것이다. 도살객은 수십여 년 전 무림을 뒤흔들었던 살인귀였다.

정파와 사파, 마교를 가리지 않고 마음에 들지 않는 이들을 베어 넘겼고 심지어 힘없는 이들 또한 도살객의 표적이 되곤 했다.

그럼에도 불구하고 그가 오랜 기간 버틸 수 있었던 건 그만큼 강했기 때문이다.

쉽사리 막을 수 없는 존재가 되어 버린 그.

결국 도를 넘어선 도살객의 행동에 무림맹이 나섰다. 허나 무림맹이 추포하기 전 그는 갑자기 사라졌다. 처음엔 어딘가에 숨어 몸을 감췄을 거라 판단하고 오랜 시간 사라진 도살객을 쫓았지만 결국 그는 어디에서도 보이지 않았다.

그렇게 이제는 중원에서 잊히다시피 한 도살객이라는 별호.

그 도살객의 비전무공이었던 비격전십이사가 지금 다시 무림에 모습을 드러내고 있었다.

투두둑.

몰려드는 기운에 왕도지의 몸이 일순 부풀어 올랐다. 전신을 뒤덮고 있는 근육들이 팽창하는 그 순간 모든 기운들이 양팔을 타고 손에 들린 도로 몰려들었다.

웅웅웅!

왕도지가 이를 악물었다.

'죽여야 한다. 아니면…… 내가 죽어.'

전신을 휘감으며 터져 나온 기운에 도에서는 새하얀 도강이 뿜어져 나왔다. 동시에 주변에 자리하고 있던 것들이 왕도지의 몸을 기점으로 하여 사방으로 밀려 나갔다.

그를 중심으로 폭풍이 휘몰아치기 시작했다.

왕도지의 도를 휘감기 시작한 도강, 그에 비해 백아린의 주변에 피어오르는 연꽃잎을 연상케 하는 검은 기운들은 검기의 형상이었다.

일반적으로 보았을 때 강기는 검기보다 훨씬 더 위의 단계라고 봐야 했다.

물론 어떠한 무공인지에 따라, 또 펼치는 무인의 실력 차에 따라 달라지는 경우가 있지만, 대다수의 상황이라면 강기가 검기를 파괴하는 것이 당연하다.

그랬기에 왕도지는 지금 자신의 선택에 어느 정도 확신이 있었다.

소름이 돋게 만드는 기운.

허나 그건 검기였고, 그렇다면 강렬한 파괴력보다는 날카로움을 가진 공격이 될 거라 판단한 것이다.

그렇다면 지금 할 수 있는 선택은 생각보다 단순할 수밖에 없었다.

'이를 드러내기 전에 박살을 낸다.'

제대로 무공이 펼쳐지기 전에 힘으로 찍어 누르려는 것이다. 그리고 그러기 위해서는 시간이 얼마 남지 않았다.

재빠르게 모여든 도강이 하늘을 향해 찌르고 들어가던 그때.

"으오오오!"

짓눌러 오는 도강의 힘에 왕도지의 근육이 더욱 거세게 꿈틀거렸다. 그와 동시에 그 힘을 앞으로 쏘아 내며 왕도지가 날아올랐다.

번쩍!

일순 모든 것이 타오를 듯 왕도지의 도강에 휩쓸리는 그 순간.

백아린의 눈동자는 그의 움직임을 쫓고 있었다.

밀려드는 도강, 그리고 왕도지까지.

도강과 함께 달려드는 왕도지의 모습에서는 엄청난 박력이 느껴졌다. 동시에 모든 걸 부술 것만 같은 힘까지.

허나…… 백아린은 웃었다.

그녀가 손가락을 가볍게 위로 튕기는 그 순간 놀라운 일이 벌어졌다.

피피피핑!

땅에서부터 피어오르던 검은 검기의 형상들이 쇳소리를 내며 튕겨져 오른 것이다. 그리고 허공에 떠 있던 그 기운들이 모두 수평으로 누운 채 한 곳을 겨눴다.

왕도지가 날아드는 방향, 바로 그곳이었다.

허공으로 떠올라 한곳을 노리고 있는 검은 기운들은 흡사 날카로운 검 같았다.

그 숫자는 정확하게 열두 개.

찰나 그녀가 달려드는 왕도지를 향해 손에 들고 있던 대검을 휘둘렀다.

부웅!

순간 허공에 떠 있던 그 열두 개의 검은 형상들이 날아드는 도강을 향해 밀려들었다.

밀려드는 열두 개의 검은 기운을 바라보며 왕도지는 이

를 악물었다.

'부순다!'

어차피 이것은 검기일 뿐이다.

특히나 한곳에 힘이 집중된 것도 아니고 여러 개로 나눠진 상황.

파괴력 또한 그럴 거라 생각한 것이다.

그의 짐작이 맞다면 힘을 집중시킨 도강으로 날아드는 일부분을 파괴하기만 해도, 그 이후엔 곧장 백아린에게 치명타를 가할 수 있을 거라는 판단이 섰다.

부아앙!

왕도지가 자신감 가득하게 도강에 휩싸인 도를 휘두르는 찰나.

드드득!

"……어?"

자신의 도강이 백아린이 뿜어낸 검은 형상들에 닿는 순간 느껴지는 불안한 느낌에 왕도지가 자신도 모르게 입을 열었다.

이건…… 그냥 검기가 아니었다.

그 사실을 깨닫는 순간 왕도지의 머릿속은 새하얘지고 말았다.

자신의 도강과 충돌하며 사라져야 할 검은 기운들이 건

재하다.

어디 그뿐이랴.

이 기운들을 부수며 자연스레 안쪽으로 파고들 거라는 생각에 무시했던 나머지 것들이 왕도지를 향해 밀려들고 있었다.

그 모습이 흡사 지옥에서 쏟아져 나온 악귀가 연상됐다.

'이런 젠……!'

채 생각을 끝내기도 전.

콰콰콰콰아앙!

왕도지가 있던 공간이 열두 개의 검은 기운들에 의해 난도질당하기 시작했다. 땅이 요동쳤고, 동시에 그곳에 있던 모든 것들이 가루가 되어 사방으로 퍼져 나갔다.

두두두!

요동치듯 떨려 오는 땅.

그곳에서 두 발로 버티고 선 백아린이 소매로 가볍게 얼굴을 닦아 냈다.

"휴우."

한 번의 공격, 그렇지만 백아린의 얼굴은 무척이나 지쳐 보였다. 그만큼 이 잔마폭멸류라는 무공에는 어마어마한 내력 소모가 뒤따랐다.

사실 지금 이 잔마폭멸류는 완벽하지 못했다.

익히기 시작한 지 그리 긴 시간이 지나지 않았으니, 여러 모로 부족한 점이 많았다.

그럼에도 불구하고 이 정도의 파괴력이라니…….

실제로 잔마폭멸류를 완벽하게 대성한다면 지금보다 검은 기운들의 숫자가 늘어나 스무 개에 달한다. 그리고 그 하나하나에 실리는 파괴력 또한 지금보다 더욱 거세진다.

사실 열 개까지 늘리는 건 생각보다 어렵지 않았다.

허나 그 이후부터가 문제였다.

하나를 늘릴 때마다 그 이전에 비해 갑절에 가까울 정도의 노력과 깨달음이 필요했다. 당연히 속도는 점점 더뎌질 수밖에 없었다.

물론 지금처럼 열두 개를 다루는 것 자체가 백아린의 능력이 뛰어났기에 가능한 일이었다.

아쉬운 부분도 없잖아 있었지만…….

백아린의 입가엔 만족스러운 미소가 걸렸다.

실로 엄청난 무공이지 않은가.

거기다가 다른 곳도 아닌 자신의 문파에서 사라졌던 무공이다. 사라질 뻔한 그 명맥을 이은 것 자체가 마음에 들 수밖에 없는데, 하물며 그것이 이런 말도 안 될 정도의 무공이라니.

덩달아 이 무공을 아무렇지 않게 자신에게 내준 천무진

에게 고마웠다.

천무진은 항상 말한다.

도움만 받고 있다고.

하지만 그 말에 백아린은 언제나 고개를 젓곤 했다. 겉보기에 도움을 주는 쪽은 분명 자신과 적화신루일 것이다.

허나 보이는 것이 전부가 아니다.

천룡성의 무인인 천무진으로 인해 적화신루는 빠르게 성장하고 있다.

그리고 이런 무공까지도.

'……도움을 받는 건 제 쪽인 것 같네요.'

속으로 중얼거리던 백아린이 손에 들린 대검에 내력을 불어 넣었다.

흩날리는 흙먼지 속을 바라보며 그녀가 천천히 입을 열었다.

"어이, 언제까지 죽은 척하고 있을 거야?"

말과 함께 백아린이 대검을 휘둘렀다. 그녀의 대검에서 뿜어져 나온 기운에 주변을 감싸고 있던 흙먼지들이 순식간에 밀려 나갔다.

그리고 밀려 나가는 흙먼지들 사이에 무언가가 자리하고 있었다.

왕도지, 바로 그였다.

왕도지는 도를 땅에 박아 넣은 채로 서 있었는데, 누가 봐도 알 정도로 그의 상태는 좋지 못했다.

잔마폭멸류에 휩쓸렸음에도 불구하고 왕도지가 버티고 있을 수 있었던 건, 그가 내린 찰나의 판단 덕분이었다.

그는 백아린이 쏟아 낸 검은 기운을 없애고 달려들지 못한다는 사실을 직감하기 무섭게 도강을 모두 방패막이로 사용했다.

그 대가는 참혹했지만, 목숨을 건지는 건 성공할 수 있었다.

십천야의 일원 왕도지.

우내이십일성 수준의 그였기에 그나마 이 정도의 부상으로 끝내는 것이 가능했다.

입에서 연신 피를 쏟아 내던 그가 믿기지 않는다는 듯 입을 열었다.

"분명 검기였어! 검기였다고! 그런데…… 충돌하는 그 순간 검기가 아니었어. 대체 뭐지?"

악에 받친 듯 왕도지가 소리쳤다.

분명 검기의 형상이었고, 기의 흐름도 그러했다. 그런데 충돌하는 그 순간 느껴진 감각은 강기라고 봐도 무방할 정도의 힘이 담겨 있었다.

그 때문에 백아린이 펼친 무공이 검기를 기반으로 하는

예리하고 날카로운 공격일 거라 판단하며 오히려 달려들었던 판단이 비수가 되어 돌아왔다.

스스로가 맹수의 입 안으로 머리를 들이민 꼴이었으니, 살아 있는 것만으로도 기적이었다.

소리쳐 대는 왕도지를 향해 백아린은 그저 의미심장한 웃음만 흘릴 뿐이었다.

"글쎄. 궁금한가 보지?"

답을 듣고 싶냐고 물어 오는 백아린의 모습에 이런 상황임에도 불구하고 왕도지는 힘겹게 고개를 끄덕였다.

왕도지가 궁금해하는 이유는 잘 알고 있다.

무인이니까.

무공에 대한 궁금증이 치미는 건 당연했다.

허나…… 가르쳐 줄 이유 따위는 없었다.

백아린이 대검을 비스듬히 치켜든 채로 말을 이었다.

"그냥 궁금한 채로 죽어."

성인 장정만 한 크기의 대검을 한 손으로 들어 올린 그녀를 보며 왕도지는 자신도 모르게 뒷걸음질 쳤다.

'처음부터…… 내 적수가 아니었다.'

잔마폭멸류에 당하면서 보다 쉽게 승부의 추가 넘어가긴 했지만 그게 없었다고 해도 결국 결과는 다르지 않았을 것이다.

"으으으!"

왕도지가 분한 듯 땅에 박은 도를 뽑아 들었다.

이미 온몸이 엉망이었고, 얼마나 많은 양의 피를 토해 냈는지 정신마저 멍할 정도다.

걸음을 옮기는 것조차 쉽지 않은 상황에서도 도를 뽑아 들고 거리를 좁혀 오는 왕도지의 모습에 백아린의 눈에 이채가 감돌았다.

'역시 생포는 의미가 없을 것 같네.'

이 정도의 무인이라면 어떠한 고문을 한다 해도 입을 열지 않을 것이다. 사실 십천야의 일원이라는 걸 눈치채면서부터 그 같은 방법으로 정보를 얻는 건 불가능할 거라 이미 결론을 내린 상태였다.

그렇다면…….

대검을 든 백아린이 짧게 말했다.

"오라고."

그런 그녀의 말에 대답이라도 하려는 걸까?

우웅!

왕도지의 손에 들린 도에서 무형의 기운이 뿜어져 나왔다. 그 기운은 생각보다 컸다.

하지만 몸이 좋지 않은 상태에서 그런 내력을 끌어올린 왕도지가 멀쩡할 순 없었다.

"쿨럭."

피를 토해 내는 그의 안색이 더욱 하얗게 변했다.

내상까지 입은 상황에서 억지로 내력을 끌어모으고 있으니 그 속이 뒤집히는 건 당연했다.

거리를 좁혀 오는 그를 향해 백아린 또한 성큼 다가섰다.

그 순간 왕도지가 도기에 휩싸인 도를 휘두르며 날아올랐다.

번쩍!

날아드는 왕도지의 움직임을 예의 주시하던 백아린 또한 빠르게 움직였다.

스스슥!

대검을 양손으로 움켜쥔 그녀가 재빠르게 왕도지와 스치고 지나갔다. 두 사람의 몸이 빠르게 겹쳐졌다가 이내 서로가 있던 반대의 위치에 이르렀다.

그리고…….

쩌저적.

갈라지는 소리와 함께 왕도지의 손에 들린 도가 균열을 일으키며 박살이 나기 시작했다. 그리고 동시에 왕도지의 가슴에 긴 검상이 드러나며 피가 솟구쳐 올랐다.

쿠웅.

버티지 못한 그의 신체가 곧바로 뒤로 쓰러져 내렸다. 그리고 그 상태에서 백아린은 굽히고 있던 무릎을 펴며 몸을 일으켜 세웠다.

그녀는 손으로 자신의 옆구리 부분을 어루만졌다.

뭔가가 스치고 지나갔다고 생각은 했는데, 예상대로 옷이 찢겨 나가 있었다. 다행히 상처는 깊지 않았지만, 손바닥에는 소량의 피가 묻어 나왔다.

손바닥으로 옆구리를 감싸 쥐고 있던 그녀가 슬쩍 몸을 돌려 뒤편을 바라봤다.

그곳에는 이미 숨을 거둔 왕도지가 자리하고 있었다.

아무런 힘도 남아 있지 않은 상황이라 생각했다.

그럼에도 불구하고 마지막 일격은 꽤나 날카로웠다. 압도적인 상황에서도 자그마한 상처를 남길 정도로. 일방적으로 패하긴 했지만 그만큼 왕도지는 쉬운 상대가 아니었다.

그저…… 백아린 그녀가 너무 강했을 뿐.

백아린은 천천히 시신이 있는 쪽으로 걸음을 옮겼다. 그리고는 숨을 거둔 왕도지를 가만히 내려다봤다.

아무런 것도 말하지 않을 상대라는 걸 알기에 곧바로 목숨을 거뒀다. 허나 그렇다고 해서 아무런 것도 알아내지 못할 거라 생각하진 않는다.

시체가 있으니까.

적어도 이자의 얼굴을 아는 자를 찾다 보면 뭔가 추가적인 단서를 얻을 수 있을 것이다.

잠시 왕도지를 바라보던 백아린은 곧장 걸음을 옮겼다. 그녀가 향한 곳은 바로 뒤편에 자리하고 있는 창고였다.

백아린은 구멍 난 벽을 통해 성큼 안으로 들어섰다.

아까는 여유가 없어 제대로 살펴보기 어려웠던 내부의 모습들이 눈에 들어왔다.

그녀의 시선이 이내 한 곳에 자리하고 있는 비단으로 향했다. 그리고 그 비단 위의 가루들로 다시금 시선을 돌렸다.

이 가루의 정체에 대해서는 아직 확신할 수 없었지만, 십천야의 일원이 어떻게든 흔적을 지우려 하던 물건이다.

그것이 무엇일지 답은 나온 것이나 다름없었다.

제련된 흑주염의 가루.

백아린이 확신 가득한 표정으로 서 있는 그때 왕도지와의 싸움을 피해 잠시 소매 바깥으로 나와 있었던 치치가 그녀의 옷자락을 타고 어깨 위로 올라섰다.

자신의 어깨 위로 올라선 치치와 시선을 맞춘 백아린이 의미심장한 미소와 함께 입을 열었다.

"아무래도…… 찾은 거 같지?"

"찍찍."

백아린의 질문에 치치는 낮은 울음소리를 토해 냈다.

* * *

양가장에서의 일은 빠르게 정리되었다.

양가장에서 장주의 죽음을 마주했던 천무진은 다행히도 백아린이 의심스러운 누군가를 쫓아갔다는 사실을 한천에게 전해 들었고, 곧바로 빠른 판단을 내렸다.

양가장이 소유한 곳들 중 가장 의심스러운 곳은 단연 선산이었고, 제일 먼저 그곳으로 향한 건 당연한 일이었다.

그랬기에 천무진과 일행들은 백아린이 치치를 보내기도 전에 선산에 나타났고, 곧장 그녀와 합류를 할 수 있었다.

세 사람이 없는 동안 백아린이 해낸 일련의 일들.

그 모든 건 그들을 놀라게 만들기 충분했다.

십천야의 일인인 왕도지를 죽였고, 그토록 찾고자 했던 물건인 제련된 흑주염까지 손에 넣은 것이다.

그것을 확인한 직후, 선산에서 벌어진 모든 일들을 정리하기 위해 서둘러 한천이 움직였다.

한천은 적화신루를 통해 이곳에 있는 왕도지의 시신을 수습했고, 그 외에 자잘한 것들을 조사하기 위해 인원을 충원했다.

제련된 흑주염만은 비단에 몇 겹을 쌓아 봇짐에 넣은 채로 직접 가지고 움직이기로 했다. 그 외 나머지 것들은 모두 적화신루가 뒤처리를 해 줄 계획이었다.

이번에 죽은 양가장 장주 양석창의 일도 말이다.

그가 죽은 직후 들이닥쳤고, 그걸 증명한 양가장 무인들이 제법 있긴 했지만 그대로 뒀다가는 괜한 소문이 돌 수도 있다 여겨서다.

그렇게 한천이 바삐 움직이는 사이.

천무진은 양가장이 있는 이곳 준양에서 하루 쉬기로 결정을 내렸다.

처리해야 할 일들이 많아서이기도 했지만, 그보다는 백아린의 상처를 치료하기 위해서였다. 비록 얼마 다치지는 않았다고 하지만 십천야와 싸운 그녀다.

사실 백아린은 자신의 부상 치료에 시간을 쓰는 것이 그리 탐탁지 않았다.

허나 그런 그녀의 생각은 천무진의 강한 주장에 결국 굽힐 수밖에 없었다. 천무진은 정말 딱 한 마디로 그녀의 모든 말을 무위로 돌려 버렸다.

바로 지금처럼

"안 돼."

어김없이 돌아오는 그 한 마디에 백아린은 억지로 눕혀

진 침상에서 투덜거렸다.

"정말 괜찮다니까요."

"그건 나도 방금 다녀간 의원한테 들어서 알아. 그래도 이왕 쉬기로 한 거 움직일 생각 말고 침상에 좀 붙어 있어."

의원을 통해 다친 부위에 간단히 바를 금창약과 내상에 좋은 약재만 처방받고 큰 문제는 없을 거라는 소견을 전해 들었다.

그 말을 듣기 무섭게 침상에서 일어나 일에 복귀하려는 백아린의 모습에 억지로라도 그녀가 푹 쉬도록 천무진이 옆에 붙어 있는 중이었다.

좀이 쑤시다는 듯한 표정을 지으며 백아린이 말했다.

"좀 베인 거 가지고 이러고 있으면 남들이 유난이라고 욕할걸요."

백아린은 잔 부상 정도로 침상에까지 드러누워 있는 자신의 모습이 어색한 듯 말을 받았다.

그런 그녀를 향해 천무진이 곧장 답했다.

"이번 기회에 좀 쉬기도 하고 그래. 부총관이 대신해서 열심히 움직여 주고 있잖아. 거기다가 단엽도 같이 따라다니면서 돕고 있으니 신경 쓰지 말고 푹 쉬어."

말을 마친 천무진은 백아린이 누워 있는 침상 쪽으로 다가오더니 그 옆에 놓인 의자에 주저앉았다.

옆에 앉은 천무진을 올려다보며 백아린은 결국 졌다는 듯 양손을 들어 올렸다.

"어휴, 그럽시다. 오랜만에 하루 정도 죽은 듯이 쉬어 보죠, 뭐."

백아린이 결국 움직이는 걸 포기하고 천무진의 말대로 오늘 하루는 푹 쉬기로 마음의 결정을 내렸을 때였다.

옆에 자리하고 있던 천무진이 입을 열었다.

"잔마폭멸류를 쓴 것 같던데."

"어라? 그걸 어떻게 알았어요?"

백아린이 놀란 듯 눈을 동그랗게 뜨고 물었다.

그런 그녀의 질문에 천무진이 답했다.

"말했잖아. 저번 생에선 잔마폭멸류를 익혔었다고. 싸운 장소를 조금만 둘러봐도 잔마폭멸류의 흔적을 찾는 건 어렵지 않았으니까."

"오호, 생각해 보니 가장 좋은 스승이 바로 옆에 있었네요?"

이번 싸움으로 잔마폭멸류의 위력을 체감한 백아린이다. 당연히 그것을 완벽히 가다듬고 싶고, 더욱 높은 경지에 오르고자 하는 욕심이 드는 건 당연했다.

백아린의 말에 천무진이 고개를 끄덕였다.

"필요하다면 얼마든지 물어보라고."

"이거 든든한데요."

"그런데 이미 꽤 높은 경지에 오른 것 같던데? 기운은 몇 개나 다룰 수 있지?"

"열두 개요."

백아린은 자신의 몸 주변으로 피어올랐던 검은 형상의 기운들을 떠올리며 답했다. 그리고 그 대답을 들은 천무진이 놀란 표정을 지어 보였다.

'벌써 열두 개라…….'

백아린의 실력을 차츰 알아 가면서 그 정도까지 가능하지 않을까 싶긴 했지만, 막상 그녀의 입으로 직접 들으니 제법이라는 생각이 들었다.

그런 천무진의 표정 변화를 알아서일까?

"왜요?"

"아니, 생각보다 빨라서."

"그래요? 아직 갈 길이 먼 것 같은데."

"그래도 그 정도 속도라면 대단한 거야. 그렇게 단순한 무공이 아니니까. 어때? 잔마폭멸류를 직접 체감한 감상은?"

"상상 이상이던데요?"

대답을 하는 백아린의 눈동자가 마치 재미있는 장난감을 찾은 아이처럼 반짝였다. 그녀는 신이 난 듯 자신이 펼쳤던 잔마폭멸류에 대해 이야기하기 시작했다.

이런 모습을 보고 있노라면 영락없는 무인이다.

백아린은 한참을 혼자 떠들어 댔고, 그런 그녀의 옆에 자리한 천무진은 시선을 맞춘 채로 가만히 이야기를 들어 주기만 했다.

그렇게 자리에 누운 채로 옆에 있는 천무진을 향해 신나게 이야기를 해 대던 백아린은 뒤늦게 자신이 흥분했다는 사실을 깨달았다.

그녀가 머쓱한 표정을 지어 보이며 말했다.

"아, 이런. 혼자 신이 나서 너무 떠들어 댔네요. 지루했을 텐데……."

"지루하지 않았어. 오히려 이렇게 당신이 좋아하는 것에 대해 이야기하는 모습이 보기 좋았어."

"……."

천무진의 말에 백아린은 잠시 말문이 막힌 채로 자신을 내려다보고 있는 그와 시선을 맞췄다.

침상에 누운 채로 천무진을 올려다보고 있는 그 순간.

두근두근.

자신도 모르게 날뛰는 심장 소리가 갑자기 커지기 시작했다. 놀란 듯 그녀가 이불 속에서 심장 위에 손을 가져다 댔다.

심장 소리가 커진 것 같다는 생각은 착각이 아니었다. 손바닥이 닿아 있는 가슴 부분이 쉼 없이 오르락내리락하고 있었으니까.

그녀는 크게 당황했다.

'갑자기 왜 이러지?'

난데없이 방금 전 왕도지와 싸움을 벌였던 그때와는 비교조차 되지 않을 정도의 긴장감이 밀려들었다.

입 안이 바싹바싹 말랐고, 심장은 조절하기 힘들 정도로 날뛰었다.

당장이라도 마주하고 있는 시선을 돌리지 않으면 안 될 것 같다는 생각이 들었는데…… 왜일까?

백아린은 이상하게 천무진과 마주한 시선을 돌릴 수가 없었다.

묘한 침묵과 함께 서로의 눈동자를 바라보던 상황.

결국 천무진이 슬쩍 말을 돌렸다.

"아 참, 오늘 그곳에서 회수한 흑주염 가루 봤어?"

"아, 네. 봤어요."

시선을 피하지 않고 물끄러미 천무진을 올려다보던 백아린이 퍼뜩 정신을 차리며 서둘러 답했다.

그런 그녀를 향해 천무진이 말했다.

"여태까지 얻었던 것들과는 색이 다르던데."

돌로 착각했던 흑주염을 직접 갈았을 때 나오던 가루의 색은 회색과 흰색 사이. 그리고 향로에 들어가 있던 가루는 붉은색이었다.

그런데 양가장의 선산에 있던 창고에서 구한 그 가루는 분홍빛에 가까웠다.

천무진의 말을 들은 백아린이 고개를 끄덕이며 입을 열었다.

"맞아요. 하지만 십천야가 도망치지 않고 직접 움직여서 없애려 했다는 것은 그만큼 중요한 물건이라는 의미겠죠. 아마도 이게 그들이 감추고 싶어 하는 진짜 흑주염의 정체일 거라는 생각이 들어요."

"같은 생각이야."

천무진 또한 동조의 뜻을 내비쳤다.

그렇게 말을 끝냈던 천무진이 잠시 머뭇거리다 이내 그녀를 향해 말을 이었다.

"……백아린."

"네?"

지그시 자신의 이름을 부르는 천무진의 행동에 그녀의 목소리가 슬쩍 올라가는 그때였다.

천무진이 말했다.

"고생했어. 당신 덕분에…… 많은 걸 얻었어."

십천야의 한 명을 죽이고, 제련된 흑주염까지 손에 넣은 건 여태까지 천무진이 해냈던 많은 일들 중 그 무엇과도 비견할 수 없을 정도로 큰 성과였다.

천무진의 말투에서 느껴지는 진심. 백아린은 그저 묵묵히 그의 말을 듣고만 있었다.

이내 천무진이 말을 이었다.

"당신은 별로 안 다쳤다고 하긴 하지만 맘이 편치 않군. 내 일을 해 주다가 이렇게 부상을 입고……."

바로 그 순간 백아린의 입에서 흔들림 없는 한마디가 터져 나왔다.

"이제 당신만의 일이 아니에요."

"그게…… 무슨 의미지?"

이해가 안 간다는 듯 물어 오는 천무진을 향해 다시금 똑바로 시선을 마주한 그녀가 말을 받았다.

"당신만의 일이 아니라고요. 이젠 우리의 일이죠. 그러니 미안해하지 말아요."

"……."

생각지도 못한 백아린의 말에 천무진은 말문이 턱 하니 막혀 왔다.

우리?

우리라고?

그 말이 이리도 가슴 깊이 들어와 박힌 건 이번이 처음이었다. 여전히 저번 생에서의 외롭고 슬펐던 기억만이 가득한 천무진에게 지금 백아린이 한 '우리'라는 말은 무척이나 깊숙이 다가와 박혔다.

마음이 무척이나 복잡했다.

그런데 왜인지 천무진은 자신도 모르게 피식 웃음을 흘렸다.

그런 그의 모습에 백아린이 눈을 동그랗게 뜨며 물었다.

"갑자기 왜 웃어요?"

"그냥."

"세상에 그런 게 어디 있어요. 사람 궁금하게 만들어 놓고 말이야, 분명 말해 주지 않을 것 같은데……."

백아린이 의미심장한 표정으로 천무진을 올려다보았고, 천무진은 그런 그녀를 향해 여전히 웃는 얼굴로 말을 받았다.

"잘 아네. 그러니 알려고 하지 말고 포기하는 게 좋을 거야."

"네네, 그러죠."

웃고 있는 천무진의 얼굴이 마음에 들었기에 백아린은 아무것도 캐묻지 않았다.

그녀는 웃고 있는 천무진을 향해 마찬가지로 미소를 보였다.

그저 같이 웃어 주는 것만으로 족했다.

잠시 서로를 향해 웃고 있던 도중 천무진이 물었다.

"금창약은 발랐고?"

"그럼요. 하루라도 빨리 나아서 걱정 안 시키려고 재빠르게 발랐죠. 늦게 나았다가는 이 지루한 침상 생활을 며칠은 더 시킬 것 같아서요."

큰 상처가 별로 없었기에 금창약을 바르는 것 또한 그리 어렵지 않았다.

그렇게 말을 내뱉는 백아린을 향해 천무진이 이상하다는 표정으로 슬쩍 고개를 비틀었다. 그러고는 이내 그가 다시 입을 열었다.

"정말 다 바른 거 맞아? 목에 있는 상처에는 안 바른 거 같은데."

"목에요? 아, 맞다."

보이지 않는 부위이기도 했고, 워낙 경미한 상처였기에 목에 생긴 상처에는 금창약을 바르는 걸 깜빡했던 것이다.

살짝 긁힌 정도의 상처를 떠올린 백아린은 천무진의 말을 듣기 무섭게 곧장 손을 뻗어 목을 어루만졌다.

워낙 미세한 상처라 별로 느낌도 나지 않는지 백아린이

손가락으로 목을 눌러 대며 중얼거렸다.

"여긴가?"

그런 그녀의 모습을 바라보고 있던 천무진이 고개를 절레절레 젓다가 갑자기 자리에서 벌떡 일어났다. 그러고는 가까운 탁자 위에 자리한 금창약을 들고 다가왔다.

그러고는 이내 일어나 앉아 금창약을 건네받으려는 백아린의 손을 저지하며 말했다.

"가만있어. 상처가 어딘지도 모르면서."

말을 끝낸 천무진은 곧장 금창약의 뚜껑을 열어 안에 있는 약을 손가락으로 쿡 찍었다.

그런 그의 행동에 백아린이 설마 하는 표정을 지어 보일 때였다.

천무진이 손가락을 내밀며 말했다.

"뭐 해? 약 바르게 고개 좀 옆으로 돌려."

"어어, 음……."

당황한 듯 백아린은 제대로 된 대답도 하지 못하고 고개를 옆으로 살짝 돌렸다. 그리고 길어서 방해가 될 머리카락을 반대편 손을 뒤쪽으로 돌려 슬며시 잡아 줬다.

머리카락까지 넘겨 주자 천무진은 손가락에 찍힌 금창약을 목에 난 상처에 조심스레 발라 주기 시작했다.

그가 약을 발라 주며 입을 열었다.

"일 처리는 엄청 치밀하게 하면서 본인 일에는 칠칠치 못한 구석이 있다니까."

목에 있는 상처 부위를 조심스레 어루만지며 내뱉은 천무진의 짧은 핀잔.

그런데…….

"……."

얼굴이 살짝 붉게 달아오른 백아린은 아무런 말도 할 수가 없었다.

입을 열면 지금 미쳐 날뛰고 있는 심장 소리가 더욱 크게 들릴 것만 같아서.

7장. 마교행
— 구하셨습니까

십천야의 비밀 거점.

그리고 그 비밀 거점에서 통칭 어르신이라 불리는 정체 불명의 존재. 언제나 휘장 안쪽에 자리하고 있는 그의 목소리가 나지막이 떨려 왔다.

"왕도지가…… 죽었다?"

"예, 어르신."

대답을 하는 건 다름 아닌 정보 단체 귀문곡을 이끄는 상무기였다. 보고를 하는 그의 목소리는 다른 의미로 떨리고 있었다.

곧 터져 나올 어르신의 분노를 이미 알고 있었기 때문이다.

이윽고 휘장 안에서 들려온 그의 목소리.

"……흑주염은? 설마 그것까지 넘어간 건 아니겠지?"

"송구합니다만 지금 상황이라면 팔 할 이상의 확률로 제련된 흑주염이 그들의 손에……."

상무기의 말은 채 끝까지 이어지지 못했다.

부웅! 챙!

휘장 안쪽에서 벼루가 날아들었고, 그것이 벽에 부딪히면서 산산조각이 나며 사방으로 흩어졌다.

근방에 자리하고 있던 상무기에게 벼루에 담겨 있던 먹물과 깨어진 파편들이 적잖이 튀었지만, 그는 마치 석상이라도 된 것처럼 미동조차 하지 않았다.

지금 이 상황에서 어르신의 분노가 얼마나 클지 잘 알고 있었기 때문이다.

휘장 속에 자리하고 있는 그가 연신 주먹으로 탁자를 내려쳤다.

쾅쾅쾅쾅!

"지금 이게 무슨 꼬락서니란 말이냐! 뭐? 왕도지가 죽은 건 그렇다 쳐도 제련된 흑주염이 천룡성의 손에 들어가? 그걸 지금 내게 보고라고 하고 있느냐!"

"죄, 죄송합니다!"

상무기는 서둘러 고개를 조아렸다.

사실 그의 잘못이랄 건 크게 없었지만, 지금은 그런 걸 따질 때가 아니었다.

휘장 안의 어르신이 말했다.

"대체 뭘 하면 한 놈에게 이리도 휘둘릴 수 있단 말이냐? 고작 한 놈이다, 한 놈! 그것도 용이 될 수 없는 이무기 따위에게 지금 우리가 이런 수모를 당하고 있다니 이게 말이나 되느냐?"

이자는 언제나 천무진을 이무기라 칭했다.

용이 될 수 없는 존재.

그랬기에 언제나 우습게 여겼다. 다소 귀찮은 일을 벌여 대긴 했지만 그럼에도 불구하고 참았다.

그것이 그리 타격이라 여기지도 않았고, 또한 죽일 수 없는 이유가 있어서기도 했다. 하지만 이번 건은 아니었다.

십천야 중 하나를 죽였고, 제련된 흑주염을 손에 넣었다. 만약에 천무진이 그걸 통해 흑주염으로 만들어지는 몽혼약의 해독약을 만들어 내기라도 한다면…….

휘장 안의 인물은 자신도 모르게 손톱을 입에 가져다 댔다.

잘근잘근.

기분이 좋지 못했다.

그가 이해가 안 된다는 듯 물었다.

"미리 천무진이 간다는 정보를 주었음에도 왜 그리 당한 게냐?"

"놈들이 생각보다 빨랐습니다. 그리고…… 왕도지를 죽인 건 천무진이 아닌 것 같습니다."

"뭐? 천무진이 아니라고?"

"예, 현재 파악 중인 정황으로 보건대 왕도지를 죽인 건 적화신루 총관인 백아린일 확률이 큽니다."

양가장에 심어 둔 간자를 통해 대충 상황이 진행되어 가던 과정에 대해 전해 들었다. 그리고 그의 말대로라면 왕도지가 사라진 이후에 천무진과 단엽이 먼저 모습을 나타냈다 들었다.

그리고 뒤이어 사내 한 명이 더 나타났다고 하니 그 자리에 등장한 건 한천이라 판단을 내린 것이다. 그렇다면 남은 건 백아린 한 명뿐이었다.

천무진이 아닌 백아린에게 당했다는 말에 휘장 안의 그림자가 머리를 감싸 안았다.

"하, 또 그 이름이로군."

백아린이라는 이름이 슬슬 귀에 거슬리기 시작했다.

대체 뭘 하는 자이기에 고작 적화신루의 총관 따위가 자신들의 앞길을 이리도 막아 낼 수 있는지 의아할 지경이다.

화가 머리끝까지 치솟고 쉽사리 진정이 되지 않을 정도로 큰 분노가 밀려들었지만, 그는 애써 그런 감정을 추슬렀다.

정체불명의 인물이 입을 열었다.

"상무기."

"네, 어르신."

상무기가 눈치를 보며 재빠르게 답한 그때였다.

휘장 속에 자리한 그가 뜻 모를 의미심장한 말을 던졌다.

"혹시 모르니…… 천무진에 관련된 일을 미리 준비해 두는 게 좋겠군."

"지, 지금 말입니까?"

상무기가 놀란 듯 되물었다.

천무진과 관련된 일.

십천야 내에서도 아주 오래전부터 준비되어진 계획 중 하나다. 예정대로라면 지금은 절대 그 계획을 실행할 때가 아니었지만 휘장 속에 자리한 그는 왠지 모를 불안감을 느낀 것이다.

물론 그도 당장에 그 계획을 발동시키고 싶진 않았다. 그랬다가는 또 다른 골치 아픈 일이 생길 공산이 컸기 때문이다.

어르신이 말했다.

"물론 당장에는 조금 더 두고 볼 생각이다. 아직은 때가 아니니까. 허나 지금보다 더 날뛰면서 우리에게 피해를 입힌다면…… 그때는 결단을 내려야겠지."

우선 확실히 알아내야 할 건 천무진에게 제련된 흑주염이 넘어갔느냐, 아니냐였다. 그것부터 확인한 이후 앞으로의 일을 확실하게 결정할 생각이었다.

그가 말을 이었다.

"천무진의 손에 흑주염이 있는지부터 알아내도록 해. 그리고 마교로 가서 그가 하는 일거수일투족 모두를 감시하고. 시간이 없다. 서둘러."

"예, 그리하겠습니다."

말을 마친 상무기는 곧장 자리를 박차고 일어났다.

공기가 무겁게 가라앉은 그곳에 자리하고 있는 것이 부담스러웠는데, 서두르라고 하니 기회다 싶어 빠르게 움직이기 시작한 것이다.

일어선 상무기는 곧장 휘장 안쪽을 향해 포권을 취해 예를 갖추고는 그대로 몸을 돌려 걸어 나갔다.

그렇게 상무기가 나간 직후 텅텅 비어 버린 방 안.

홀로 남은 어르신이라는 존재가 의자에서 일어나 휘장 안쪽에서 서성거렸다.

손에 들린 기다란 곰방대를 입에 가져다 댄 그가 깊게 숨을 들이마셨다가 내뱉었다.

"후우."

동시에 뿜어져 나오는 하얀 연기.

허공으로 솟구쳐 오르는 연기를 바라보던 그자가 천천히 입을 열었다.

"천무진 네놈이…… 용이 되려 하는가."

말을 내뱉은 그가 작게 고개를 저었다.

막아야 했다.

세상에 용은…… 하나로 족했으니까.

*　　*　　*

섬서성 양가장에서 출발한 천무진 일행은 곧장 마교가 있는 방향으로 달렸다. 양가장과 마교는 거리가 제법 떨어져 있었던 탓에 이동하는 데만 해도 적잖은 시간이 소요되었다.

그렇게 길고도 긴 시간을 부지런히 달린 덕분에 어느덧 마교가 점점 코앞으로 다가오고 있었다.

마차 안에서는 이미 축 늘어진 한천이 죽는소리를 하는 중이었다.

"아이고, 대장. 대체 언제 도착한답니까? 저 죽습니다."

"거의 다 왔다니까 그러네."

말을 하며 백아린은 슬쩍 손에 들린 지도를 살폈다. 사실 마교와는 아직도 조금 거리가 남아 있었지만, 어차피 지금 향하고 있는 목적지는 그곳이 아니었다.

마교에 들어가기 앞서 목적지로 삼아 가고 있는 곳.

다름 아닌 의선과 마의가 함께 있다는 장소였다.

양가장의 선산에서 적잖은 제련된 흑주염을 구해 냈다. 이것이 있다면 현재 의선과 마의가 진행하고 있는 연구에 엄청난 진전이 생길 수도 있었다.

선산에서 구한 제련된 흑주염의 삼분지 이 이상은 지금 몇 개의 봇짐에 나눠서 가져왔고, 나머지는 적화신루를 통해 비밀 장소에 감춰 둔 상황이다.

혹시 모를 만약의 사태를 대비해 여분의 비상용 재료들을 숨겨 놓은 것이다.

마차에 기대어 앉아 있던 단엽이 바깥을 살피다 중얼거렸다.

"여긴 별로 오고 싶지 않았는데 말이야."

대홍련의 부련주인 단엽은 이곳 마교에 와 본 경험이 있었다. 그랬기에 그가 슬쩍 다른 이들을 향해 시선을 돌린 채로 물었다.

"마교에 와 봤던 적 있는 사람?"

"허허, 이런 무서운 곳에 내가 와 봤을 리가."

한천이 손사래를 치며 말했다.

그리고 그 질문에 백아린 또한 고개를 끄덕이며 동조했다.

"나도 마교에는 특별히 온 적이 없어. 여기는 내 구역도 아니고."

마교 인근에서 적화신루가 크게 거점을 내고 활동하는 것도 어렵긴 했지만, 애초에 이 인근은 사총관인 그녀의 영역이 아니었다.

두 사람이 온 적 없다 대답하자 자연스레 다른 이들의 시선은 아직까지 대답이 없는 천무진에게로 향했다.

조용히 창밖을 보고 있던 천무진은 자신을 향한 시선을 느끼고는 마차 내부에 있는 다른 이들을 슬쩍 바라봤다.

그가 말했다.

"뭐야? 나도 말해야 하는 건가?"

"그럼 다 말했는데 당연히 하셔야죠. 치사하게 혼자만 빠지시는 건 반칙입니다."

"굳이 이런 거에 반칙까지야……."

한천의 말에 기가 막힌다는 듯 중얼거리던 천무진은 다시금 바깥을 향해 시선을 돌렸다.

천무진은 마교에 온 적이 있었다.

물론 그것은 저번 생의 일이었고, 지금 마교 소교주의 요청을 받고 움직이는 것과 반대로 그를 죽이기 위해 이 길을 지났었다.

바깥의 경치를 바라보며 천무진이 의미심장한 말을 던졌다.

"와 본 적이 있다고 하면 있고, 없다고 하면 없고."

"그게 뭡니까? 왔으면 온 거고, 아니면 아닌 거지."

천무진의 이해할 수 없는 말에 한천이 고개를 갸웃할 때였다.

유일하게 천무진의 비밀을 알고 있는 백아린이 서둘러 말했다.

"그보다 의선 어르신한테 우리가 오늘 도착한다고 연락은 해 둔 거야?"

"아, 그거야 당연히 했죠. 아마도 두 팔 벌려 저희를 기다리고 계실 겁니다. 하하."

한천이 걱정하지 말라는 듯 말을 내뱉었다.

백아린이 한천의 대답에 뭐라 더 말을 하려는 그때, 바깥을 바라보고 있던 천무진이 입을 열었다.

"저기 뭐가 보이는데."

보통 사람들의 눈에는 아직 점으로도 보이기 어려울 정

도로 작은 크기의 무엇.

허나 마차 안에 있는 네 사람은 모두 그렇게 멀리 떨어진 것의 정체를 알아차렸다. 그것은 외딴곳에 위치한 하나의 장원이었다.

그리 크지는 않았지만, 입구부터 꽤나 많은 숫자의 무인들이 삼엄하게 지켜 서고 있는 곳.

바로 마의의 거처였다.

마의는 마교를 대표하는 의원, 당연히 그가 지내는 거처의 경비 또한 엄청난 수준일 수밖에 없었다. 마의의 거처는 몇 개가 있었는데 크게 내성 안에 있는 곳과 연구를 위해 사용하는 외부에 장원이 있었다.

그리고 지금 눈앞에 조금씩 더 또렷하게 보이는 저곳이 바로 외부에 있는 장원이었다.

마차는 순식간에 목적지인 마의의 장원을 향해 내달렸다.

그렇게 도착한 입구.

"워워."

마부가 서둘러 말의 고삐를 잡아당기며 속도를 줄였다. 거리가 좁혀지자 입구를 지키고 있던 마교의 무인들이 다가오고 있었다.

하나같이 흉흉한 기운을 뿜어 대는 이들.

자연스레 마차를 끌었던 마부의 얼굴엔 긴장한 기색이 역력했다.

마차로 다가온 무인들 중 한 명이 창문 바로 옆으로 다가왔다.

그가 높은 위치에 자리하고 있는 천무진을 올려다보며 입을 열었다.

"출입증을 제시하시오."

"그런 건 없는데."

"그럼 이곳은 출입 불가요."

딱 잘라 말하는 것과 동시에 그는 살기를 뿜어 댔다. 혹시 모를 불청객이라면 섣부른 행동을 할 수 없게 만들기 위함이다.

그렇지만 마차 안에 자리한 이들 중 마교 무인의 기운에 짓눌릴 인물은 단 한 명도 없었다.

천무진은 가지고 온 천루옥 하나를 꺼내어서 그에게 내밀었다.

갑작스럽게 천루옥을 건네받은 마교 무인은 의아한 표정을 지어 보였다.

이것이 천루옥이라는 사실을 알 리가 없는 그에게 지금 이것은 평범한 옥구슬에 불과했다.

잠시 의아해하던 마교의 무인은 곧 기가 차다는 듯 말했다.

"지금 나한테 뇌물을 주는 거요?"

어처구니가 없다는 듯한 말투.

하지만 그런 그를 향해 천무진이 짧게 대꾸했다.

"여기 주인장에게 그걸 전해 줘. 그럼 알 테니까."

화를 쏟아 내려던 마교의 무인은 움찔했다. 이걸 뇌물이라 생각하고 화를 내려던 것인데, 뭔가 의미가 있는 물건이라는 걸 알아차린 것이다.

잠시 의심스러운 눈빛으로 천무진을 바라보던 그가 이내 뒤편에 있는 수하에게 손짓했다. 사내는 곧 다가온 수하에게 손에 들고 있던 천루옥을 건넸다.

그러고는 짧게 명령을 내렸다.

"가져다드려."

"넵, 조장."

말을 끝낸 수하는 곧장 장원 안으로 사라졌고, 마차를 포위하는 듯 다가온 마교 무인들은 여전히 날카로운 눈빛으로 한 치의 빈틈도 보이지 않고 있었다.

반대편에 있는 창문으로 밖을 살펴보던 한천이 혀를 내둘렀다.

"이거야 원. 경비가 보통이 아니네."

"마의는 마교에서 주요 인물이니까."

단엽의 말에 한천은 고개를 끄덕였다.

말대로 마의는 마교에서 무척이나 큰 비중을 지닌 인물이다. 마교의 수많은 무인이 그에게 은혜를 입었을 뿐 아니라 마교 최고의 의원이라는 상징성도 지닌 자였다.

마교 입장에서 엄청난 숫자의 호위 무사를 붙여 주는 건 당연했다.

쏟아지는 살기 속에서 시간을 보내던 그때, 안으로 들어갔던 무인이 모습을 드러냈다. 그는 서둘러 조장이라 불렸던 사내에게 달려가 귓가에 대고 작게 속삭였다.

"서둘러 안으로 모시랍니다."

안쪽에서 승낙이 떨어지자 조장이라 불린 사내가 손을 들어 올렸다.

그러자 마차를 포위하고 있던 마교의 무인들이 썰물이 밀려 나가듯 빠져나갔다.

조장 사내는 곧장 포권을 취해 보이며 아까와는 다르게 공손한 말투로 입을 열었다.

"결례를 범했습니다. 안으로 드시지요."

말과 함께 굳게 닫혀 있던 장원의 문이 열렸고, 마차는 그곳을 통해 내부로 들어설 수 있었다.

그렇게 마차가 장원 내부로 들어선 지 얼마 안 되었을 무렵.

창 바깥으로 고개를 내밀고 있다시피 하던 한천이 입을 열었다.

"어? 저기……."

안쪽으로 가고 있는 마차를 향해 성큼성큼 다가오는 두 명의 노인.

의선과 마의였다.

*　　*　　*

마의의 집무실.

그곳에 이곳까지 온 천무진 일행과 마의, 의선 이렇게 여섯 명이 함께 자리하게 되었다. 다른 이들은 모두 구면인데 비해 마의는 천무진 일행 모두와 처음 만나는 자리였다.

의선에 비해 괴팍하기 그지없는 마의였지만, 그런 그조차도 천룡성의 무인인 천무진에게는 예를 갖췄다.

"천룡성의 무인을 뵙습니다. 마의라고 합니다."

"천무진입니다."

천무진은 마의에게 짧게 답했다.

방금 전까지 계속 연구를 하고 있었던 것인지 마의는 검은색의 간편한 옷차림이었고, 반대로 의선은 백의를 걸치고 있었다.

제대로 잠도 자지 않고 흑주염을 연구하고 있다더니 두 사람의 얼굴엔 피곤함이 가득했다.

의선은 눈앞에 마주하고 있는 이들을 바라보며 말을 걸었다.

"그런데 대체 무슨 연유로 이리 직접 찾아오신 겁니까?"

얼마 전에 천무진 쪽에서 직접 이곳까지 발걸음 하고 있다는 말을 듣고 적잖이 놀랐던 의선이다.

천무진이 있던 성도와 마교와의 거리는 무척이나 멀기도 했고, 계속해서 뭔가를 조사하는 그가 굳이 이곳까지 발걸음을 할 만큼 여유가 있을 것 같진 않아서였다.

마교 소교주로부터 만나고 싶다는 연락을 받은 사실을 말해 주지 않았으니, 당연히 의문을 가질 수밖에 없었다.

천무진이 담담히 답했다.

"마교에 용무가 좀 생겨서 말입니다."

천무진은 정확한 설명보다는 두루뭉술하게 말을 넘겼다.

의선을 의심하는 건 아니지만 굳이 자신의 일거수일투족을 다른 이에게 알릴 이유는 없기 때문이다. 소교주와의 만남이 의선의 일과는 전혀 관련이 없는 것이기에 더더욱 그랬다.

거기다 소교주는 은밀하게 자신에게 연락을 취했다. 그만큼 외부로 드러내고 싶지 않다는 의미.

그런 걸 자신의 입으로 떠들고 다닐 순 없었다.

천룡성의 무인인 자신이 이곳 마교에 왔다는 것을 드러낼지 말지도, 우선은 소교주를 만나 보고 정할 예정이었다.

의선은 별달리 더 캐묻지 않았고, 자연스레 천무진이 질문을 던졌다.

"뭐 알아내신 건 있으십니까?"

"흐음, 그것이 별건 아니긴 한데 이건 돌이 아니더군요."

의선은 천무진에게서 받았던 돌멩이를 꺼내어 들며 말했다.

그 순간 천무진이 입을 열었다.

"암염이겠죠."

"아니 그걸 어찌……."

놀란 듯 되묻는 의선을 향해 천무진은 그간 있었던 일에 대해 간략히 설명했다. 그리고 양가장에 가서 구해 온 제련된 흑주염이 든 봇짐을 탁자 위에 올려놓았다.

풀린 봇짐 안에서 모습을 드러낸 제련된 흑주염의 가루를 본 의선과 마의의 표정이 돌변했다.

"이건 설마!"

잔뜩 들뜬 목소리로 소리치는 마의를 향해 천무진이 고개를 끄덕이며 답했다.

"맞습니다. 그 흑주염에 뭔가를 가한 상태더군요. 아마 제련된 상태라고 봐야 할 것 같습니다. 도움이 좀 되겠습니까?"

"물론이지요. 이것만 있다면 연구에 큰 진척이 있을 겁니다."

대답을 하는 마의의 목소리는 잔뜩 들떠 있었다.

그런 그를 향해 천무진이 말했다.

"해독약을 최대한 빠르게 부탁드리겠습니다. 아마 놈들도 비책을 마련할 테니까요."

"알겠습니다. 그리하지요."

마의가 고개를 끄덕이는 그때였다.

"그럼 이 짐들은 어디로 옮겨 둘까요?"

한천이 봇짐들을 가리키며 말했다. 허나 그 와중에 한천은 은근슬쩍 의선을 향해 눈짓을 던졌다.

사전에 서찰을 통해 뭔가 모종의 이야기를 나눴던 두 사람.

그랬기에 의선이 곧바로 말을 받았다.

"우선 내 방으로 가져다 뒀다가, 연구실로 옮기면 될 듯

하군.”

“혼자서 옮기시기엔 좀 많아 보이는데…… 제가 좀 도와드릴까요?”

“그러면 나야 고맙지.”

의선과 대화를 주고받은 한천은 곧장 백아린을 향해 고개를 돌리며 말했다.

“대장, 그럼 잠깐 짐 옮기는 것 좀 도와드리고 오겠습니다.”

뭔가 평소와는 다른 한천의 모습.

그걸 가만히 바라보던 백아린이 이내 고개를 끄덕였다.

“그렇게 해.”

“그럼 가시죠! 의선 어르신.”

봇짐을 서둘러 들쳐 메며 한천이 호들갑스럽게 의선과 함께 사라졌다. 그렇게 나선 두 사람은 곧장 의선의 거처로 움직였다.

한천은 앞장서서 나아가는 의선에게 싱글벙글 웃으며 말을 걸었다.

“요즘 잘 지내셨습니까?”

“내 얼굴을 보게. 잘 지낸 사람의 얼굴인가. 잘못 걸려서 이 늙은 나이에 호되게 고생 중이네.”

천룡성의 의뢰를 받아들인 사실에 대해 툴툴거리는 의

선, 허나 그런 말과는 다르게 눈빛엔 생기가 흘러넘쳤다.

흑주염으로 만들어진 몽혼약은 세상에 알려지지 않은 물건이다.

그것에 대해 조사하고, 또 해독약을 만들어 내는 일이 의원인 의선에게는 무척이나 의미가 있을 수밖에 없었다.

그렇게 자잘한 이야기들을 나누며 걷던 두 사람은 얼마 지나지 않아 의선의 거처에 도착할 수 있었다.

이곳 또한 마교의 무인들이 입구를 지키고 있었지만, 의선이 있었기에 별다른 절차 없이 곧바로 안으로 들어설 수 있었다.

방 안으로 들어선 의선이 지고 있던 봇짐을 내려놓으며 말했다.

"짐은 거기 두고 잠시 앉게. 아, 차라도 한잔하겠는가?"

"뭐 주신다면야 사양 않죠."

웃는 얼굴로 대답한 한천은 곧장 가지고 온 짐들을 구석에 두고는 탁자 쪽으로 다가가 걸터앉았다.

그가 자리에 앉은 지 얼마 되지 않아 의선이 다가왔다.

의선은 가져온 차를 찻잔에 따라서 각자의 앞에 한 잔씩 내려놓고는 맞은편에 자리했다.

의선이 말했다.

"식기 전에 들게."

"예, 의선 어르신."

찻잔을 입에 가져다 대자 향긋한 향이 코끝을 간질였다.

향을 음미하며 차를 가볍게 한 모금 삼킨 한천이 감탄하듯 말했다.

"차향이 좋군요."

"맘에 들은 모양이로군."

"뭐 술 냄새를 더 좋아하긴 합니다만…… 종종 이런 것도 나쁘지 않죠."

"사람하고는."

히죽 웃으며 말하는 한천을 향해 의선은 기가 막힌다는 듯 실소를 흘렸다.

그렇게 차를 마시던 도중 한천이 조용히 찻잔을 내려놓았다.

이렇게 스스로 짐꾼을 자처해 의선의 거처로 찾아온 이유, 그건 단둘만의 시간을 만들기 위해서였다.

그리고 둘만의 시간을 만든 이유는 하나였다.

귀명신단.

의선에게 부탁했던 바로 그 물건 때문이었다.

한천이 슬그머니 입을 열었다.

"물건은 준비되셨지요?"

움찔.

한천의 그 말에 의선은 잠깐이지만 머뭇거릴 수밖에 없었다.

사실 이미 서찰을 통해 몇 차례 연락을 주고받으며 어느 정도 이야기가 오고 간 상태다.

거기다가 자연스레 둘만이 있는 시간을 만들려 하기에 귀명신단에 대한 이야기를 꺼낼 거라는 예상도 하고 있었다.

하지만…….

의선이 입을 열었다.

"꼭…… 받아야 하겠는가?"

귀명신단은 세상에 나가선 안 될 단약이다. 엄청난 고통을 주는 것만으로 모자라, 사람을 죽음으로 몰 수도 있는 위험성을 지닌 물건.

거기다가 지금 한천의 몸 상태라면 절대로 버틸 수가 없다.

만약에라도 이 귀명신단을 복용하게 된다면 그때 이 사내는…… 폐인이 되거나 죽을 것이라는 확신이 있었다.

그랬기에 의선은 머뭇거리고 있었던 것이다.

허나 한천은 그런 의선의 머뭇거림에도 아랑곳하지 않고 일말의 망설임조차 없이 곧바로 답했다.

"네, 필요하니까요."

"그 팔이 망가졌을 때의 몇 곱절 이상은 되는 고통이 뒤따를 게야. 그것도 그나마 살았을 때 이야기네. 죽을 확률이 더 높아. 그리고 지금의 몸 상태론 설령 귀명신단을 먹는다 해도 얼마나 그 효과가 갈지는 미지수네."

"괜찮습니다."

"자네는 겁이 없는 것인가 아니면…… 무모한 겐가?"

이해가 안 간다는 듯 말하는 의선을 향해 한천은 여전히 웃는 얼굴로 가만히 찻잔을 어루만졌다.

그러고는 이내 슬그머니 입을 열었다.

"그럴 리가요. 저 엄청 겁쟁입니다. 얼마나 무서운데요. 이 팔이 박살 났을 때보다 더 큰 고통이라니 생각만 해도 소름이 돋습니다. 어휴, 생각하는 것만으로도 얼마나 무서운지, 원."

양팔을 교차하여 스스로의 어깨를 감싸 안은 한천이 무섭다는 듯 부르르 떠는 시늉을 해 보였다.

장난스러워 보이는 모습.

허나 그것은 그저 장난만은 아니었다.

말을 하고 있는 한천의 눈빛만큼은 결코 가볍지 않았으니까.

그런 한천을 마주한 채로 의선이 말했다.

"그런데도 불구하고 가져가 복용해야겠다는 겐가? 굳이

이런 선택을 할 필요는 없네. 이 약은 부작용이 너무 심해. 얻는 것보다 잃는 것이 더 많을 수도 있다는 소릴세."

"네. 알고 있습니다."

"아는 사람이 이런 선택을……."

"하지만 말입니다, 의선 어르신."

의선의 말을 자른 한천이 슬그머니 상체를 앞으로 들이밀며 말을 이었다.

"……세상엔 제가 부서지는 것보다도 더 큰 고통이 있는 법입니다."

"스스로가 부서지는 것보다 더 큰 고통?"

한천의 의미심장한 그 한마디에 의선이 중얼거릴 때였다.

한천이 다시 천천히 입을 열었다.

"저에겐 그게 바로 저 안에 있는 우리 대장입니다."

"총관을 말하는 겐가?"

"네, 그분은 저에게 있어 무엇보다 소중한 존재니까요."

백아린은 세상 모두가 버린 자신을 잡아 준 유일한 사람이었으니까.

백아린이 있었기에 한천은 지금까지 살 수 있었다.

피는 이어지지 않았지만 백아린은 한천에게 있어 유일한 가족이었다. 그런 그녀를 위해서라면…….

오른팔? 목숨?

그런 것 따위 아무런 상관없었다.

어차피 죽었어야 할 목숨이다.

슬프게 끝났어야만 하는 삶이다.

그런 비참한 삶에 살아야 할 이유를 만들어 주었던 것이 바로 백아린이다.

처음 만났던 그때는 너무도 어렸던 꼬마 아이, 그 아이로 인해 한천은 살아간다는 것이 무엇인지를 배웠다.

살고 싶다는 생각이 들었고 웃음이라는 것도 배웠다.

자신에게 새로운 인생을 살게 해 준 백아린. 그랬기에 지킬 것이다. 그러기 위해서는 자신이 힘든 길을 걸어야 한다 해도.

말을 끝낸 한천은 그저 묵묵히 의선을 바라보고만 있었다.

하지만 그 눈빛만으로도 충분했다.

'……설득은 불가능하겠군.'

자신을 바라보고 있는 저 흔들림 없는 눈빛.

무슨 말을 한다고 해도 뜻을 굽힐 상대가 아니라는 걸 직감했다.

결국 의선이 슬그머니 탁자의 옆 부분을 어루만졌다.

그러자…….

탁!

소리와 함께 탁자에 감춰져 있던 비밀 공간이 열렸다. 그리고 그 안에는 자그마한 상자가 자리하고 있었다. 상자를 꺼내어 든 의선이 그걸 한천에게로 내밀었다.

"받게. 귀명신단일세."

"감사합니다. 의선 어르신."

한천이 씩 웃으며 그가 내민 상자를 품 안에 집어넣었다.

그런 한천을 가만히 바라보던 의선이 입을 열었다.

"알겠지만 이 약이 자네를 강하게 해 주는 건 아닐세. 고통을 느끼지 못하게 만드는 것과 신체의 능력을 아주 조금 늘어나게 하는 것 정도지, 내공 증진이나 확 눈에 띄는 효과 같은 건 없다는 걸 명심하게."

"상관없습니다. 그 정도면 충분하니까요."

한천은 망가져 있는 오른손을 내려다보며 나지막이 말을 이었다.

"이 오른손을 쓸 수 있다는 것만으로…… 그 어떠한 영약보다 절 강하게 만들어 줄 수 있을 테니까요."

자신감이 뚝뚝 묻어 나오는 그 말에 의선은 가만히 한천을 응시했다.

오랜 시간 많은 이들을 만나 왔다.

그랬기에 의선은 어느 정도 상대의 인상만으로 그를 파악하는 게 가능하곤 했다.

헌데…… 이 사내는 모르겠다.

도통 정체를 가늠할 수가 없었다.

의선의 복잡한 속내를 알지 못하는 한천이 자리에서 벌떡 일어났다.

그가 웃으며 말했다.

"차 잘 마셨습니다. 또 찾아뵙죠."

말을 마친 그가 막 몸을 돌려 걸음을 옮길 때였다.

자리에 앉아 침묵하고 있던 의선이 입을 열었다.

"전에도 물었네만 대체 자네는 누구인가?"

세상에 알려지지 않은 귀명신단의 존재를 아는 자.

거기다가 그것이 자신과 연관되어 있다는 사실도 알고 있는 자.

그런 자가 고작 적화신루의 부총관이라니…….

그 사실에 대해 저번에도 놀랐고, 궁금해했었다. 하지만 다시 한 차례 얼굴을 마주한 지금 그 궁금증은 그때와 비교조차 할 수 없을 정도로 커졌다.

걸음을 옮기고 있던 한천은 자신을 향한 의선의 질문에 그 자리에 멈칫했다.

잠시 입구에 서 있던 한천이 뒤편으로 고개를 돌려 자신을 바라보고 있는 의선과 시선을 마주했다.
그러고는 이내 가볍게 어깨를 으쓱해 보이며 답했다.
"아시지 않습니까. 그 질문에는 대답을 드리지 못한다는 것 정도는요."
예상했던 대답이었지만 의선은 내심 답에 대한 욕심이 났는지 툴툴거리며 말했다.
"이런 식으로 나올 겐가. 내 자네에게 구하기 힘든 것까지 가져다줬거늘……."
불만 가득한 의선의 목소리에 볼을 긁적이던 한천이 이내 결심이 섰는지 입을 열었다.
"뭐, 그럼 귀명신단도 받고 했으니 하나만 말씀드리자면 저희 둘…… 저번에 만난 것이 처음은 아니었습니다."
"우리 둘이 만난 적이 있었다고?"
"네."
"대체 언제……."
대답 대신 씩 웃어 보이며 한천이 몸을 돌렸다.
의선이 기억할 수 없는 건 당연했다.
가면을 쓰고 황제의 옆자리에 자리하고 있던 한 명의 무장.
대장군 조휘라는 사내를 말이다.
그렇게 사라진 한천.

그리고 그가 잠시 서 있던 곳을 바라보는 의선의 표정은 복잡했다.

생각에 잠겨 있던 의선이 이내 양손으로 이마를 감싸 쥔 채로 투덜거렸다.

"끄응. 가르쳐 달라고 했더니…… 사람을 더 복잡하게 만들고 가버렸군그래."

8장. 소교주
— 앉아

의선, 마의와의 만남이 매듭지어질 무렵.

사내 하나가 마교 내부에서 빠르게 움직이고 있었다. 대외적으로는 마교 소속의 무인이었지만, 실상 그는 적화신루 쪽 사람이었다.

그런 그가 움직이고 있는 이유는 역시나 백아린의 명령 때문이었다.

백아린이 명령을 내린 건 천무진을 만나고 싶어 했던 마교의 소교주 악준기, 그와의 약속을 잡기 위해서였다.

마교의 소교주를 만나는 건 그리 간단한 일이 아니었다. 물론 천무진이 정체를 드러낸 상태로 대놓고 마교로 찾아간다면 쉽사리 만날 수 있겠지만 지금은 비밀리에 만나려는 상황.

그런 식으로 약속을 잡는 건 어려웠다.

그랬기에 백아린은 마교에 숨어 있는 적화신루 쪽 사람을 통해 소교주에게 연락을 취하려 하고 있었다.

허나 마교의 소교주인 악준기의 주변은 언제나 경계가 삼엄할 수밖에 없었고, 당연히 직접 이 같은 사실을 전달하는 건 불가능했다.

그런 상황에서 백아린이 생각한 방법은 다름 아닌 표식이었다.

천룡성의 천(天), 적화신루의 적(赤).

합쳐서 천적(天赤)이라는 글자를 소교주가 자주 다니는 동선에 따라 남겨 놓는 것이다. 보통의 사람이라면 그냥 스쳐 지나갈지도 모를 흔적, 하지만 소교주 정도 되는 자라면 결코 놓치지 않을 거라는 판단을 내렸다.

물론 다른 이들 또한 이 글자들을 보겠지만 적화신루를 통해 천룡성에 연락을 취한 당사자인 악준기를 제외하고는 이 두 글자만으로 자신들의 존재를 생각해 내기는 어려울 터였다.

중대한 임무를 받은 사내는 머리에 새겨진 동선을 따라 은밀히 움직였다.

슥슥.

외벽이나 나무에도 흔적을 남기며 움직이던 사내.

그러던 그가 도달한 곳은 다름 아닌 소교주의 장원 근처였다. 조금 더 깊숙한 곳에 글자를 남기면 좋겠지만 주변을 지키는 호위전의 무사들이 즐비한 상황.

이보다 가까이 다가가는 건 무리였다.

인근의 기척을 확인한 그는 재빠르게 벽에 천적이라는 글자를 남겼다.

슬쩍 훑고 지나가면 모를 정도로 옅은 흔적.

그렇게 막 두 글자를 남긴 사내가 곧바로 자리를 박차고 떠나려는 찰나.

쿠웅!

묵직한 충격과 함께 사내의 머리통이 그대로 벽에 처박혔다. 놀란 그가 막 반항을 하려던 그 순간이었다.

사내의 머리통을 움켜쥔 정체불명의 누군가가 입을 열었다.

"조용. 입을 여는 순간 죽여야 할 수도 있으니까."

"……."

사내는 마른침을 꿀꺽 삼켰다.

지금 내뱉어진 이 말은 결코 허언이 아니다.

'대체 언제 이렇게 가까이…….'

천하에 이름을 날리는 무인까지는 아니었지만 그래도 적잖은 실력으로 마교 소속 일개 대대의 한 개 조를 맡은 조장의 위치에 있는 그였다.

그런 그가 자신의 머리통을 움켜잡히기 전까지 상대의 존재조차 알아차리지 못했다.

그 말은 곧 자신이 무슨 수를 써도 이길 수 있는 자가 아니라는 의미였다.

순간 뒤편에서 재차 목소리가 흘러나왔다.

"자꾸 신경이 거슬리게 누군가가 알짱거려서 나와 봤는데 말이야……."

말과 함께 그 인물은 사내가 남겨 놓은 글자를 다시 한번 확인했다.

천적(天赤)이라는 두 글자.

그걸 재차 확인한 정체불명의 인물은 자신이 머리통을 움켜쥔 채로 벽에 밀어 넣은 상대를 향해 천천히 입을 열었다.

"자, 이제 몸을 돌려. 대신 살고 싶다면 입을 꾹 닫아야 할 거야."

지금으로선 시키는 대로 하는 수밖에 없다고 판단한 사내는 결국 조심스럽게 몸을 돌렸다.

머리통을 잡고 있던 손의 힘이 천천히 풀린 덕분에 결국 고개를 돌릴 수 있었던 그, 그리고 그런 사내의 눈앞에 모습을 드러낸 자는…….

"소……!"

"쉿."

검지를 입가에 가져다 댄 채로 웃고 있는 사내.

이십 대 중반의 나이, 한눈에 느껴질 정도로 귀해 보이는 인상은 그가 보통 인물이 아니라는 걸 말해 주고 있었다.

붉은 적의를 걸치고 있고, 긴 머리카락은 가지런히 정돈되어 있었다.

기품이 느껴지는 사내가 조용히 입을 열었다.

"운 좋은 줄 알라고. 네가 적은 글씨가 맘에 들어서 살려주는 거니까."

말을 끝낸 사내는 적화신루 쪽 인물이 적은 천적이라는 글자를 손가락으로 어루만졌다. 벽에 새겨진 글씨를 만지던 그가 물었다.

"어디 계시지, 그분은?"

뜻 모를 질문을 던지는 사내.

마교 소교주 악준기였다.

* * *

수하의 보고를 전달받은 백아린은 곧장 천무진을 찾아가

그와 마주했다. 그 상태로 그녀는 수하에게서 전달받은 것에 대해 이야기를 시작했다.

"벌써 약속이 잡혔다고?"

천무진이 놀란 듯 물었다.

소교주인 악준기에게 자신들이 인근에 온 것을 알리고, 또 비밀리에 연락을 주고받아 만남을 정할 예정이었다. 최소 사나흘은 걸릴 거라 예상했던 과정들.

그런데 그 모든 것이 단 하루 만에 정리가 되어 버린 것이다.

대체 어떻게 일이 이리도 순탄하게 풀린 건가 의아해하자 백아린이 수하에게 들은 이야기를 그대로 전달해 줬다.

"적화신루에서 심어 놓은 자가 흔적을 남기다가 소교주 본인에게 걸렸다더군요. 뭐 전화위복이라고 해야 될까요? 덕분에 직접 소교주를 통해 만나고 싶다는 의사와 장소까지 전달받았어요. 이 통행 패랑 같이요."

백아린은 마교 외성을 드나들 수 있는 통행 패를 꺼내어 들며 말했다.

경비가 삼엄한 내성과는 달리 외성을 오고 가는 건 그리 어렵지 않았다. 실제로 백아린이 마음만 먹는다면 이 정도 통행 패를 구하는 건 간단했다.

외성은 마교 소속의 무인들 중 신분이 낮은 이들이나, 아예 무공을 모르는 평범한 사람들이 살아가는 장소다.

상황이 어떻게 된 건지 파악한 천무진이 고개를 끄덕이다 물었다.

"시간은 언젠데?"

"오늘 저녁으로 잡혔어요. 어렵다면 정체가 들통 난 저희 쪽 사람을 통해 가능한 날을 전달해 달라더군요. 어떻게 할래요?"

"……굳이 시간을 끌 이유는 없지."

"그죠? 저도 그렇게 생각했어요. 그럼 곧바로 당신의 뜻을 마교 소교주에게 전할게요."

흔적을 남기던 수하가 걸리는 바람에 오히려 직통으로 연락을 주고받을 수 있는 방법이 생겼다.

악준기의 뜻대로 오늘 만나기로 확정한 백아린이 이내 물었다.

"혹시 혼자 만나실 생각은 아니죠?"

"그런 생각은 안 해 봤는데. 그건 왜?"

"가능하면 우리 넷 모두가 움직이는 게 좋을 것 같아서요."

뭔가를 더 이야기하지 않았음에도 천무진은 백아린이 왜 이 같은 말을 하는지 알 수 있었다.

혹시 모를 상황에 대비하려는 거다.

현재로선 마교 소교주인 악준기가 만나자고 하는 이유를 모른다. 확률은 그리 높지 않지만, 함정일 가능성도 배제할 순 없었다.

어지간한 함정이라면 천무진 정도 되는 무인에게는 그리 위협이 되지 못하겠지만…… 상대는 마교의 소교주다.

단일 세력만으로는 최강의 무력을 지닌 단체의 소교주. 그가 함정을 파 놓는다면 그것이 얼마나 위험할지 잘 알고 있다.

그랬기에 백아린은 가능하면 넷이 함께 움직이기를 바랐다.

적어도 넷이 함께라면…… 그 어떠한 함정이 준비되어 있다 한들 어느 정도 걱정을 덜 수 있을 테니 말이다.

천무진은 고개를 끄덕이며 답했다.

"그렇게 하지."

천무진의 대답에 한결 표정이 밝아진 백아린이 곧바로 말을 받았다.

"그럼 두 사람한테도 가서 저녁에 움직일 준비를 하라고 해 둘게요."

말을 마친 백아린은 곧장 천무진의 방을 빠져나갔다. 그녀가 나가고 혼자 남게 된 천무진은 자리에서 일어났다.

그는 옆에 있는 창가로 다가가 바깥을 살폈다.

날은 아직 밝았고, 저녁이 되려면 시간이 제법 남은 상황. 바깥을 바라보던 천무진이 나지막이 입을 열었다.

"악준기라……."

과거의 삶에서 자신이 죽였던 그.

그런 그와의 재회가 코앞으로 다가오고 있었다.

해가 지기 조금 이른 시간부터 움직이기 시작한 네 사람은 어느덧 마교의 외성으로 들어설 수 있었다.

악준기에게서 전달받은 통행 패를 통해 쉽게 마교 외성에 들어선 네 사람은 어느 한 곳을 향해 움직였다.

오늘의 약속 장소인 월궁루(月宮樓)라는 곳이었다.

월궁루로 향하는 내내 단엽의 표정은 그리 좋지 못했다. 그런 그를 향해 한천이 물었다.

"왜 자꾸 벌레 씹은 표정이야?"

"끙, 별로 보고 싶지 않은 놈을 봐야 해서."

지금 누구를 만나러 가는지 알고 있었기에 한천은 단엽이 말하는 그 대상이 누군지 너무도 쉽게 알 수 있었다.

마교 소교주 악준기, 그를 말하고 있는 것일 게다.

단엽의 말에 한천은 고개를 끄덕였다.

사파를 대표하는 문파 중 하나인 대홍련의 부련주인 단엽과, 마교의 소교주인 악준기다. 둘 사이에 뭔가가 있다

해도 전혀 이상할 것이 없었다.

한천이 물었다.

"사이 안 좋아?"

"안 좋다고 말하기에는 애매한데……."

"그럼 다행이네. 만나자마자 머리끄덩이 잡을 정도의 원수만 아니면야, 뭐."

한천이 대수롭지 않다는 듯 말했다.

둘 사이의 관계가 정확히 어떤지는 알 수 없었지만 그래도 한자리에 있기 힘들 정도의 원수만 아니라면야 별문제 없다 생각한 것이다.

한천의 말에 단엽이 짧게 한숨을 내쉬었다.

앞장서서 걷고 있던 백아린은 두 사람의 대화를 듣고는 재빨리 고개를 돌리며 말했다.

"미리 말해 두는데 소란은 사양이야."

"쳇, 알고 있다고."

단엽이 투덜거렸다.

그렇게 마교의 외성을 걷던 네 사람은 이내 목적지인 월궁루의 입구에 도착할 수 있었다.

월궁루는 크기가 큰 기루였기에, 꽤나 많은 이들이 오고 가는 장소였다.

사실 비밀스러운 만남을 가지기에는 다소 어울리지 않는

다는 생각이 들기도 했지만…….

반대로 이런 장소이기에 의심을 피할 수 있겠다는 생각도 들었다.

"가지."

말과 함께 천무진이 기루의 문을 열고 안으로 들어섰다. 들어선 네 사람을 향해 점원으로 보이는 젊은 사내가 막 다가올 때였다.

백아린이 재빠르게 뭔가를 꺼내어 내밀었다.

그것은 푸른색 실이 잔뜩 달려 있는 장신구였다.

이 장신구는 월궁루의 가장 위층을 드나들 수 있게 해 주는 물건이었다.

월궁루는 다섯 개의 층으로 이루어져 있었는데, 가장 위층은 아무나 드나들 수 없었다. 오로지 이 장신구를 가지고 온 이들에 한해서만 오 층에 입장하는 것이 가능했다.

오 층은 하루에 한 번만 손님을 받고 있어 사전에 예약을 해야만 사용할 수 있었다.

장신구를 본 점원은 곧장 네 사람을 월궁루의 오 층으로 안내하기 시작했다. 다른 층과는 다르게 오 층으로 통하는 계단은 은밀한 곳에 따로 자리하고 있었다.

"이쪽으로 오시죠."

작은 문을 통해 드러난 계단은 곧바로 오 층으로 연결되어 있었다. 그리고 그 끝에는 입구를 지키는 무인들이 자리했다.

점원은 그 무인들을 향해 백아린이 가져온 푸른 장신구를 보여 줬다. 장신구를 확인한 그들은 서로를 향해 고개를 끄덕이며 길을 열어 줬다.

무인들 뒤편에 위치한 문을 연 점원은 곧바로 옆으로 비켜섰다.

"안으로 드시면 됩니다."

말을 끝낸 점원의 옆으로 네 사람이 걸어 들어갔고, 이내 열렸던 문이 닫혔다. 그리고 저 문은 특별한 일이 없는 한 결코 먼저 열리지 않을 것이다.

그만큼 이 오 층은 개인적인 장소로 마련되어 있었다.

그렇게 들어선 오 층.

하루에 단 한 번만 손님을 받는 것답게 방 또한 오직 하나였다.

긴 복도의 끝에 자리하고 있는 커다란 방문.

천무진은 성큼 먼저 걸음을 옮겼다.

그리고 그 뒤를 백아린이 빠르게 쫓았다.

그녀는 모든 신경을 주변으로 쏟았다.

'다행히 의심스러운 건 없는 것 같은데.'

오늘의 만남이 함정일 가능성까지 염두에 두었던 백아린

이다. 그랬기에 오는 내내 혹시 모를 의심스러운 것이 있는지 모든 정황들을 살폈다.

허나 딱히 문제 될 만한 건 보이지 않았다.

안심해도 되는 상황이라는 판단이 섰지만 그럼에도 불구하고 백아린은 긴장을 풀지 않았다. 최악의 상황은 언제나 그런 방심에서 시작되는 것이니까.

오 층에 자리한 유일한 방의 입구에 도착한 천무진.

안쪽에 누군가가 있음을 알면서도 천무진은 전혀 거리낌 없이 손을 내뻗었다.

드르륵.

그의 손이 닫혀 있는 문을 열어젖혔다.

그렇게 열린 문을 통해 드러난 커다란 방 내부의 전경.

커다란 탁자에는 많은 음식들이 준비되어져 있었고, 가장 안쪽에 한 명의 사내가 자리하고 있었다. 붉은 적포를 걸치고 있는 인물이 천무진을 뚫어져라 응시했다.

그리고 천무진 또한 자신을 바라보는 상대를 확인했다.

그저 앉아 있는 것뿐이거늘 왠지 모를 위압감을 뿜어내는 사내. 저런 건 아무나 가질 수 있는 그런 분위기가 아니었다.

타고난 이들이나 뿜어낼 수 있는 기운.

상대에게선 그런 기운이 뿜어져 나오고 있었다.

천무진은 단번에 상대의 정체를 파악할 수 있었다.

초면인 상대방과는 달리, 천무진은 그와 구면이었으니까.

마교의 소교주 악준기, 그가 이곳에 있었다.

상대를 확인한 천무진은 별다른 말 없이 방 내부로 성큼 들어섰다.

그런 그의 모습에 악준기는 일순 움찔했다.

오랜 시간을 살아오며 자신이 허락하기 전에 먼저 움직임을 보인 건 교주인 아버지를 제외하고는 아무도 없었으니까.

마교의 소교주라는 신분은 그런 것이었다.

그만큼 고귀하고, 절대적인 힘을 가진 자리.

누구라도 고개를 조아리고, 예의를 갖춰야 하는 것이 바로 자신이었다.

허나…… 이 사내는 예외다.

악준기가 자리에서 일어났다.

그가 포권을 취하며 예를 갖췄다.

"마교 소교주 악준기, 천룡성의 무인을 뵙습니다."

인사를 건네는 악준기, 그리고 그런 그를 스쳐 지나간 천무진은 조금의 망설임도 없이 가장 상석에 있는 자리에 털썩 주저앉았다.

언뜻 보면 오만해 보일 수 있는 행동.

그리고 뒤에서 따라 들어서며 그 모습을 본 단엽은 절로 입가에 웃음을 띠었다.

저 자신감이 맘에 들었으니까.

마교 소교주를 상대로 상석에 앉아 버리는 저 당당한 모습, 허나 천무진에겐 그럴 자격이 있었다.

자리에 앉은 천무진이 입을 열었다.

"앉아."

* * *

곧장 들어와 상석에 앉는 거침없는 천무진의 행동. 그렇지만 그런 모습에도 악준기는 불쾌한 기색을 드러내지 않았다.

그는 천무진의 말대로 곧장 자리에 앉았다.

그리고 천무진의 뒤를 따라 들어온 나머지 일행들 또한 그런 악준기의 맞은편에 하나씩 자리하기 시작했다.

천무진에게 시선을 빼앗기는 바람에 신경 쓰지 못했던 나머지 일행들. 그들을 확인한 악준기의 얼굴에 뜻밖이란 듯 방금과는 다른 표정이 떠올랐다.

그 면면들이 실로 놀랄 정도였으니까.

그나마 평범해 보이는 한천을 제외하고 너무도 빼어난 미모를 자랑하는 백아린, 그리고 대홍련의 부련주 단엽.

백아린을 확인한 악준기는 실로 감탄을 금치 못했다. 마교 소교주의 자리에 있으면서 수많은 미녀들을 보았지만 그중에서 단연코 압도적인 미모를 선보이는 여인을 지금 만나게 된 탓이다.

이내 단엽을 향해 고개를 돌린 악준기가 그를 향해 입을 열었다.

"어라? 이거 익숙한 얼굴이 하나 있네. 잘못 본 게 아니면 내가 아는 사람 같은데."

"……아마 네가 생각하는 그 사람이 맞을걸."

단엽이 툴툴거리듯 대답했다.

마교와 사파는 엄연히 다른 세력이다.

허나 그럼에도 불구하고 마교와 사파는 완전히 분리시켜 놓고 보기만은 어렵다. 서로 모종의 관계로 이어져 있고, 일부 사파들은 마교의 휘하에 있기도 하니까.

관계가 이렇다 보니 두 사람 사이에는 몇 번의 만남이 있었다.

한 명은 사파를 대표하는 최고의 젊은 무인.

또 한 명은 마교를 이끌 소교주이니 당연히 두 사람은 은연중에 수많은 이들에게 비교를 당하는 관계이기도 했다.

악준기가 괜히 놀란 척 말을 받았다.

"이야, 이게 얼마 만이야? 오랜만이네."

"그러게 말이다. 안 죽으니까 살아서 또 보네."

"형님은 신수가 훤하네."

"형님은 무슨. 소름 돋으니까 그렇게 부르지 말라고 했던 거 같은데?"

형님이라는 호칭에 단엽이 표정을 와락 구겼다.

공식적인 자리에서는 서로를 소교주와 부련주라 칭하며 예를 갖추지만, 이렇게 사석에서는 단엽을 형님이라 부르는 악준기다.

물론 그것이 결코 호의만 담긴 것은 아니지만 말이다.

오히려 단엽이 싫어하는 걸 알기에 더욱 형님이라 부른다 생각이 들 정도였다.

대화를 나누는 두 사람의 이야기에 귀를 기울이던 한천이 대단하다는 듯 단엽의 어깨를 주먹으로 툭툭 치며 말했다.

"이야, 마교 소교주님한테 형님 소리를 듣고 보통이 아닌데, 너."

"내가 싫어하는 걸 알고 괜히 더 그렇게 부르는 거야. 생긴 거랑 다르게 음흉한 구석이 있는 놈이거든."

고개를 절레절레 저으며 단엽이 설명할 때였다.

두 사람의 행동을 바라보는 악준기의 표정이 기묘하게 변했다.

단엽에게 서슴없이 행동하는 한천의 모습 때문이다.

단엽과는 그렇게 자주 보지도 않았고, 사실 친하지도 않은 관계다. 그렇지만 그에 대해서 이거 하나만큼은 잘 알고 있다.

대홍련의 부련주 단엽은 누군가가 자신을 건드리는 걸 가만히 넘길 사내가 아니라는 것.

그런데 왤까?

어깨를 툭툭 쳐 대는 이름 없는 무인에게 전혀 불쾌한 기색 없이 대답을 해 주고 있다.

그랬기에 이해가 가지 않았다.

단엽은 자신과 똑같은 부류의 인물이었다.

강하고, 누구에게도 얕보이지 않을 위치에 있는 무인이다.

악준기가 입을 열었다.

"……형님 좀 변했네."

"형님이라고 하지 말랬지? 근데 뭐가?"

"아무나 툭툭 쳐 대는 걸 참고 있을 사람이 아니었잖아?"

"뭔 소리야. 당연히 날 건드리는 놈은 대가를 치러야지.

이 녀석이 나한테 장난을 쳐도 봐주는 건…… 네 말대로 아무나가 아니니까.”

단엽의 말에 유일하게 평범해 보였던 한천을 바라보는 악준기의 시선이 변했다.

겉보기엔 별다를 것 없어 보였지만 다른 이도 아닌 단엽이 저토록 인정하는 자다. 그렇다면 분명 얕볼 수 없는 무언가가 있다는 의미였다.

'흐음, 단엽이 인정할 정도의 사내라.'

슬쩍 한천을 살펴보던 악준기가 이내 신기하다는 듯 말했다.

“얼마 전에 형님이 같이 모습을 드러낸 적이 있다기에 혹시나 했는데…… 역시 천룡성과 함께 움직이고 있었던 건가?”

“어쩌다 보니 그렇게 됐네. 그나저나 이거 먹어도 되냐? 아직 저녁을 안 먹었거든.”

“아, 이런 결례를 범했습니다.”

방금 전까지 편안하게 대화를 이어 가던 악준기가 서둘러 천무진을 바라보며 말을 높였다. 그러고는 이내 다시금 말을 이었다.

“급하게 준비한 거라 얼마 되지 않습니다만 식사부터 하시지요.”

악준기의 말에 천무진이 답했다.

“다들 식사들 해. 그런데 난 식사보다 더 급한 게 하나 있어서 말이야. 나는 그것부터 해결했으면 하는데.”

말을 하는 천무진의 시선이 악준기에게 박혔다.

이 먼 곳까지 달려온 이유.

그것은 악준기가 보낸 서찰 한 장 때문이었다. 도움이 필요하다는 그 서찰.

그랬기에 물었다.

“도와 달라고 했는데 뭘 말하는 거지?”

바로 본론을 물어 오는 천무진의 말에 악준기는 잠시 입을 닫았다.

이걸 어디에서부터 이야기해야 할지 고민이 생겼기 때문이다.

악준기가 말했다.

“말 그대로입니다. 천룡성의 도움이 필요합니다.”

“소교주라면 알 텐데. 천룡성은 어딘가를 사적으로 도와주려고 존재하는 문파가 아니야. 우리가 움직일 때는 중원의 혼란을 막기 위해서지.”

“알고 있습니다. 그랬기에 연락을 드린 겁니다. 어쩌면…… 엄청난 혼란이 중원을 뒤덮을지도 모르니까요.”

대답을 하는 악준기의 얼굴은 단엽과 대화를 나누던 때

의 유쾌한 모습은 거짓이었던 것처럼 진지했다.

뭔가를 꾹 억누르며 힘겹게 내뱉는 말.

그 말에는 여러 가지 감정이 뒤섞여 있었다.

혼란, 분노, 그리고 슬픔까지도.

"그게 무슨 일인데?"

천무진이 어서 대답해 보라는 듯 재촉했다.

이곳에 오게 된 이유는 과거의 삶과 연관이 있었다.

당시 천무진은 소교주인 악준기를 죽였다.

그리고 여태까지의 정황들을 보았을 때 저번 생에서 자신과 얽혔던 모든 일들은 결국 천무진이 찾고 있는 그들과 연결점이 존재했다.

당연히 소교주인 악준기에게도 뭔가 연결된 부분이 있을 거라 생각했고, 이번 만남 또한 그들과 연관되었을 가능성을 염두에 둔 상황이었다.

그렇지 않았다면 굳이 이 먼 거리를 달려 소교주와의 만남을 가지지도 않았을 터.

그 순간 악준기가 입을 열었다.

"그 사람을 죽여야 하니까요."

"누굴?"

천무진의 질문에 입술을 꽉 깨문 악준기가 천천히 입을 열었다.

"마교의 주인입니다."

악준기의 대답에 천무진은 물론 식사를 하는 척하며 이쪽의 이야기에 귀를 기울이던 나머지 세 사람도 놀란 듯 눈을 치켜떴다.

마교의 주인이라 불릴 수 있는 존재는 하나뿐이었으니까.

바로 마교 교주 악자헌(岳紫櫶)이다.

그리고 그는…….

아무런 말도 하지 못하는 네 사람을 향해 악준기가 말을 이었다.

"……제 아버지를 죽일 생각입니다."

탁!

음식을 집고 있던 젓가락을 소리 나게 탁자에 내리친 건 다름 아닌 단엽이었다.

그가 눈을 부라리며 말했다.

"소교주, 장난이 심하군."

"지금 내가 대화를 하는 건 그대 부련주가 아니야. 난 지금 천룡성의 분에게 이야기를 하는 것이니 부련주는 빠져."

방금 전과는 확연하게 달라진 호칭과 말투.

서로를 노려보는 단엽과 악준기의 표정은 당장 싸움이

벌어져도 이상할 것 없을 정도로 살벌했다.

두 사람에게서 뿜어져 나오는 진득한 살기.

절로 숨이 막힐 정도로 강한 살기였지만 다행히도 이 자리에 있는 이들 중 누구도 그 힘에 짓눌리지 않았다.

화가 치밀었는지 단엽이 막 자리를 박차고 일어나려던 찰나.

천무진이 짧게 입을 열었다.

“단엽.”

자신을 부르는 목소리에 몸을 일으켜 세우려던 단엽이 움찔했다. 그리고 옆에 자리하고 있는 한천 또한 우선 참으라는 듯 그를 다독였다.

결국 단엽이 불만스러운 얼굴로 자세를 고쳐 잡았을 때다.

천무진이 차가운 눈빛으로 악준기에게 시선을 돌렸다.

“그대의 아버지를 죽이고자 하는 건…… 무슨 이유 때문이지?”

천무진의 질문이 떨어졌을 때다.

갑자기 고개를 푹 수그린 악준기가 부들부들 떨기 시작했다. 동시에 강하게 움켜쥔 손바닥에서 붉은 피가 뚝뚝 떨어져 내렸다.

분노가 가득해 보이는 그 모습은 무엇인가 사연이 있음

을 말해 주고 있었다.

이내 힘겹게 고개를 치켜든 악준기가 입을 열었다.

"지금 교주의 자리에 있는 건 제 아버지이지만, 제 아버지가 아니기도 합니다."

"무슨 뜻이지?"

"지금 교주 자리에서 움직이고 있는 그자는 그저 껍데기뿐이라는 겁니다."

말이 거기까지 나왔을 때였다.

천무진의 표정이 묘하게 변하고 있었다. 그리고 그건 백아린도 마찬가지였다.

놀란 듯 입을 꾹 닫고 있던 천무진이 이내 말했다.

"세뇌라도 당한 것처럼 움직이고 있다, 그 말인가?"

"……역시나군요."

자세한 설명을 하지 않았음에도 불구하고 단번에 자신이 하고자 하는 말뜻을 파악한 천무진을 향해 악준기가 의미심장한 말을 던졌다.

그 말을 들은 천무진이 물었다.

"역시나라니?"

"제가 왜 천룡성에 연락을 취했다고 생각하십니까? 전 오래전부터 제 아버지를 이렇게 만든 원인을 찾았습니다. 그리고 놀랍게도 아버지가 이리된 일의 뒤에는 모종의 세력이 있는 걸 알아차렸습니다."

악준기는 아버지인 악자헌을 존경했다.

무인으로서도, 마교를 이끄는 한 명의 수장으로도 말이다. 그는 자신의 목표였고, 갈 길을 비춰 주는 빛과도 같았다.

그러던 악자헌이 변했다.

무슨 일인지 시름시름 앓던 악자헌은 어느 날을 기점으로 씻은 듯이 병이 나았다. 그 모습에 악준기는 참으로 다행이라 여겼다.

허나 그건 착각이었다.

그때부터 악자헌이 변했으니까.

처음엔 뭔가 심적인 변화가 있다 여겼다. 그리고 곧 다시금 원래의 모습으로 돌아올 거라 생각했던 것이 사실이다.

하지만 그 기대는 그로부터 일 년이 넘는 기점부터 산산이 부서졌다.

뭔가를 수상하게 여긴 악준기는 서둘러 주변을 조사하기 시작했다. 그렇지만 악준기는 조사를 하면 할수록 더 알 수 없어지는 이상한 느낌을 받을 수밖에 없었다.

특별한 뭔가를 찾지는 못했다.

그저 안갯속을 계속 헤매는 듯한 느낌과 함께 일이 잘

못되어 가고 있다는 확신만 들던 어느 날 보고야 만 것이다.

이상한 향로를 통해 정체불명의 연기에 취해 있는 아버지의 모습을. 그리고 악자헌에게 그 약을 전달하는 정체불명의 누군가도.

그걸 본 날부터 악준기는 알 수 있었다.

무엇인가 일이 벌어지고 있다는 사실을.

너무도 손쉽게 교주의 거처를 드나드는 정체불명의 인물들이 있다는 사실도 알았다. 그러자 의문이 들었다. 이 같은 사실을 왜 자신이 알지 못했을까?

이 정도 사안이라면 관련된 정보가 자신에게 들어왔어야 옳다.

생각이 거기까지 미친 후에야 악준기는 알게 된 것이다.

자신이 의뢰를 해 오던 정보 단체 또한 아버지를 이리 만든 그들과 한통속이었다는 사실을.

그때부터 악준기는 개인적인 세력을 구축하기 시작했다.

정보 단체 또한 사적으로 구성했고, 자신의 거처를 지킬 호위전 무인들을 보다 강화시켰다. 그리고 교주인 악자헌보다 자신의 명령을 따라 움직일 수 있는 부대들 또한 비밀리에 하나둘씩 늘려 갔다.

그 같은 움직임을 시작한 뒤로 어느덧 몇 년이라는 시간이 지나 이제는 소교주인 자신만의 세력이 어느 정도 완성된 상황.

천무진을 똑바로 바라보며 악준기가 말을 이었다.

"전 오래전부터 아버지를 그리 만든 세력을 찾아내기 위해 움직였습니다. 그리고 지금 천룡성이 쫓고 있을 누군가가…… 제가 찾는 그들과 일치하지 않을까 하는 생각을 하게 됐습니다. 제 추측이 잘못됐습니까?"

악준기의 말을 전해 들은 천무진이 이내 물었다.

"어째서 우리가 같은 자들을 쫓고 있다고 생각한 거지?"

"간단합니다. 천룡성이 그런 문파니까요."

딱 부러지게 말한 악준기는 곧 자신이 그리 생각한 이유를 설명해 나갔다.

"천룡성은 언제나 무림이 감당하기 어려운 일이 닥쳤을 때만 모습을 드러냅니다. 그리고 지금 이 시기에 천룡성이 나타났지요. 마교의 교주인 저의 아버지가 이리된 상황에서 말입니다. 이게 우연이라고 생각되지 않습니다."

"……."

악준기의 말을 전부 들은 천무진은 가만히 생각에 잠겼다.

그의 말은 설득력이 있었다.

그리고 악준기에게 들은 이야기를 곱씹는 천무진의 표정은 복잡했다.

이상해졌다는 교주는 향로에서 나오는 정체불명의 연기에 취해 있었다고 한다. 그건 지금 천무진이 쫓고 있는 십천야들의 방식이었다.

그리고 악준기의 말대로라면…….

'마교는 이미 십천야의 손에 넘어갔다는 건가?'

천무진의 표정이 어두워졌다.

단일 세력으로는 최고의 힘을 지닌 마교가 십천야의 손바닥 안에 들어갔다면, 그들이 지닌 힘이 어느 정도일지 가늠하기 어려울 정도였다.

생각에 빠져 있던 천무진이 이내 고개를 끄덕였다.

"당신 말이 맞아. 아무래도 같은 적을 상대하고 있는 듯하군."

감춰야 할 일이 아니었기에 천무진은 솔직히 속내를 드러냈다.

대답을 들은 악준기가 고개를 끄덕이며 목소리에 힘을 주어 말했다.

"그래서 연락을 드린 겁니다. 도와 달라고요. 제힘만으로는 모자라니까요."

"무슨 말인지는 알겠어. 하지만…… 큰일이군. 당신 말대로라면 마교가 그들 손에 들어갔다는 말인데 마음만 먹는다면 정마대전이라도 일으킬 수 있는 상황이잖아."

천무진이 가장 걱정되는 부분은 바로 그것이었다.

마교를 손에 넣었다면 원하는 모든 일이 가능하다.

교주인 악자헌을 이용해 정마대전을 일으키게 된다면 수많은 이들이 죽게 될 것이다.

그것이 가능할 정도의 힘을 손에 넣었다는 사실이 충격으로 다가온 것이다.

그런데…….

"그건 어려울 겁니다."

담담하게 답하는 악준기의 말에 천무진이 물었다.

"어려울 거라고? 왜지?"

"마교의 세력 중 일부분을 제가 꽉 쥐고 있으니까요. 그들이 제 편을 드는 이상 제아무리 교주인 아버지라고 하셔도 혼자만의 독단으로 전쟁을 일으킬 순 없습니다."

"그쪽이 쥐고 있는 힘이 어느 정도인데?"

"전체로 보자면 대략 삼 할입니다."

삼 할이라면 전체로 쳐서 삼 분의 일에 가까운 힘이었다.

그렇게 많은 세력을 가질 수 있었던 건 그가 마교의 소교주였기에 가능한 일이었다.

교주인 악자헌이 이상해지기 훨씬 전, 그는 아들이자 소교주인 악준기에게 힘을 실어 주기 위해 세력의 일부분을 넘긴 상태였다.

거기다가 악자헌의 상태가 나빠진 이후 추가적으로 악준기가 움직여 손에 넣은 세력들까지 치면 그 수가 무려 삼 할에 달한다.

거기에 중립적인 이들도 있으니, 제아무리 악자헌이라고 할지언정 쉽사리 마교의 대소사를 결정할 수 없게 된 것이다.

천무진은 놀란 눈으로 눈앞에 있는 악준기를 응시했다.

'……그래서였던가?'

천무진은 그제야 알 수 있었다.

과거의 삶에서 왜 그들이 자신을 이용해 마교의 소교주인 악준기를 죽였는지.

악준기가 방해가 됐던 것이다.

마교를 완벽하게 장악하기 위해서 외부의 인물인 자신을 투입하여 소교주를 죽이고, 방해 거리가 사라진 상황에서 완벽하게 집어삼킨 게 분명했다.

과거의 삶대로라면 지금부터 십수 년이 넘는 긴 시간을 악준기는 이렇게 버텨 낼 것이다.

잠시 악준기를 바라보던 천무진이 물었다.

"그들과 관련되었을 걸로 의심되는 상대라도 있는 건가?"

물어 오는 천무진의 질문.

악준기가 힘 있게 고개를 끄덕이며 답했다.

"예, 있습니다."

9장. 입성
— 바라던 바야

마교의 소교주인 악준기와의 비밀스러운 만남이 끝났다. 허나 그것은 끝이 아닌 새로운 시작을 알리는 신호탄이기도 했다.

마교가 이미 천무진이 쫓는 십천야의 손에 들어갔다는 사실을 알았고, 그 상태에서 소교주가 자신의 세력을 끌어모아 버티고 있다는 것도 알게 됐다.

악준기는 교주이자 아버지인 악자헌을 죽이는 것까지 염두에 두고 있었다.

아마 그로서도 쉬운 결단은 아니었을 게다.

하지만 자아를 잃어버리고 조종을 당하는 아버지를 보며

차라리 편안하게 보내 주는 것이 그에게는 더욱 나을 거라 생각하게 된 게 분명했다.

손톱이 살갗을 파고들어 피가 뚝뚝 떨어질 정도로 분노하면서 내뱉은 말.

그 같은 결정을 내리기까지 얼마나 오랜 시간을 고민했을지 알 수 있는 대목이었다.

허나 천무진은 악준기와는 다소 다른 생각을 가지고 있었다.

그건 다름 아닌 의선과 마의가 지금 연구하고 있는 흑주염의 해독약과 관련이 있었다. 혹시라도 때를 맞춰 해독약이 완성된다면 악자헌을 구할 수 있을지 몰랐다.

물론 만들어 내는 해독약이 어느 정도 효과가 있는지도 알 수 없고, 그것이 오랜 시간 중독되어 온 악자헌을 제 상태로 돌리는 게 가능한지도 장담할 수는 없었다.

그리고 아직까지 어떤 결과물이 나온 것은 아니기에 우선은 악준기에게 이 같은 일에 대해서는 말해 주지 않았다.

어차피 당장에 해독약을 만들 수도 없는 상황.

같은 적을 둔 건 사실이고 힘을 합쳐야 할 때라는 건 알지만 그 한 번의 만남만으로 자신이 가진 모든 패를 꺼낼 이유는 없었다.

거기다가 이 해독약을 만드는 건 극비리에 진행되어야 할 사안, 아는 이가 많을수록 실패할 확률 또한 커질 수 있었다.

그랬기에 천무진은 우선적으로 연합을 한 채 사건을 조사하고, 그에 맞춰 흑주염의 해독약을 연구하다가 어느 정도 진척이 되면 그때 이것에 대한 가능성을 악준기에게 알려 줄 생각이었다.

악준기와의 만남이 끝나고 돌아온 거처.

천무진은 곰곰이 생각에 잠겨 있었고, 그런 그의 곁을 백아린이 지키고 있었다.

악준기와의 만남을 통해 알게 된 새로운 몇 가지 사실들. 그것들이 두 사람의 머리를 꽤나 바쁘게 만들고 있었다.

생각에 잠겨 있던 백아린이 이내 조심스레 입을 열었다.

"그나저나 꽤나 충격이네요."

"뭐가?"

"귀문곡(鬼問谷)이 십천야와 관련되었을 거라는 말이요."

무림을 대표하는 네 개의 정보 단체 중 하나.

그들이 십천야와 관련되었다는 사실을 악준기를 통해 알 수 있었다. 마교와 사파의 정보를 주로 담당하는 귀문곡이었기에 당연히 악준기도 그들에게 많은 의뢰를 넣었었다고 한다.

그런데 악자헌의 거처를 정체불명의 인물들이 드나든다는 사실조차 감춘 것이 바로 귀문곡이다.

그 사실을 알게 된 악준기는 이미 진작에 귀문곡이 적들의 손아귀에 넘어갔다는 사실을 깨달았다고 했다.

악준기를 통해 얻게 된 귀문곡에 대한 정보.

그것은 무척이나 큰 정보였다.

실제로 귀문곡은 현재 십천야 중 하나인 상무기가 곡주로 활동하고 있지 않던가.

백아린이 물었다.

"전부 먹혔을까요?"

"전부가 아니라고 해도 아마 상당 부분 십천야의 손에 들어갔을 테지. 소교주에게 들어갈 정보를 이처럼 완벽하게 차단했던 걸 보면 아마도 거의 넘어갔다 판단하는 게 좋을 것 같아."

"귀문곡까지 손에 넣었을 줄은 몰랐는데…… 캐면 캘수록 정말 믿을 수 없을 만큼 엄청난 자들이네요."

허나 귀문곡 정도로는 이제 놀라기도 민망했다.

마교를 반쯤 손에 넣은 것에 비한다면야 귀문곡 정도는 아무것도 아니었으니까.

여태까지 십천야에 대해 가늠해 왔던 모든 것들.

허나 오늘 악준기를 만나 대화를 하며 그 모든 것들을 수정해야만 했다. 십천야가 지닌 힘, 그건 생각보다 훨씬 더 컸으니까.

백아린이 말을 이었다.

"그나마 소교주가 어느 정도 실권을 쥐고 있는 것이 컸어요. 만약 그가 무너졌다면 일이 더 어려워졌을 테니까요."

그나마 지금은 악준기의 존재로 인해 마교를 완전히 마음대로 좌지우지할 수 없는 상황, 그렇지만 천무진은 알고 있었다.

결국 때가 된다면 십천야는 그를 제거할 거라는 걸.

저번 삶에서 자신을 이용해 그랬던 것처럼.

고개를 끄덕이며 이야기를 듣고 있던 천무진이 말했다.

"해독약을 만드는 것에 힘을 더 쏟아야겠어. 지금은 그게 가장 중요한 문제일 것 같군."

"의선 어르신에게 다시 한번 말씀은 드릴게요."

말은 그리하고 있었지만 천무진이나 백아린 두 사람 모두 알고 있었다. 흑주염의 해독약을 만드는 게 재촉을 한다해서 빠르게 되는 일이 아니라는 것 정도는.

백아린이 물었다.

"어떻게 할 생각이에요? 귀문곡을 그대로 두진 않을 거잖아요."

"물론이지. 귀문곡뿐만이 아니라 악준기에게 들은 그 모두를 뒤집을 생각이야."

악준기에게서 전해 들은 십천야와 연관이 있는 자들은 귀문곡뿐만이 아니었다. 물론 그 외의 자들은 의심 정도의 단계이긴 했지만 적화신루를 통해 보다 깊게 조사를 시작할 생각이다.

그 과정에서 십천야와의 관계가 드러난다면 그때는 무력을 쓸 계획이었다.

다만 그러기 위해서는…….

"백아린. 아무래도 전면전으로 나서야 할 것 같은데."

"정체를 드러낼 생각이군요."

백아린은 천무진이 내뱉은 말의 의미를 단번에 알아차렸다. 숨어서 움직이는 것은 어느 정도 한계가 있다.

그랬기에 천무진은 아예 대놓고 마교에 모습을 드러내려고 하는 것이다.

천룡성의 무인으로 마교에 들어간다.

물론 그만한 후폭풍 또한 불어닥칠 것이다. 마교 내부에 있는 십천야와 관련된 세력에게 표적이 되는 것 또한 감수해야 한다.

허나 천무진이나 백아린은 알고 있었다.

어차피 십천야라면 자신들이 마교 인근에 있다는 사실을 금방 알아차릴 거라는 것 정도는.

천무진은 자신의 생각을 백아린에게 전했다.

"오히려 숨어 있으면 표적이 될 공산도 커. 차라리 대놓고 모습을 드러내면 마교에 심어져 있는 십천야 쪽 놈들이 움직이기 어려울 수도 있지."

"동감이에요. 그리고 마교에 박혀 있는 그들을 건드리려면 외부에서 두드리는 것보다는 내부에서 직접 치는 게 더 타격도 있을 거고요."

천무진이 의자에 몸을 편하게 기대며 씩 웃었다.

"자신들의 소굴에 직접 들어와서 헤집고 다니면 꽤나 속이 쓰릴 텐데 말이야."

상대방을 괴롭힐 생각을 웃으며 말하는 천무진을 향해 백아린이 장난스럽게 말했다.

"그거 알아요? 당신 은근 성격 안 좋은 거."

백아린의 말에 천무진은 가볍게 어깨를 으쓱해 보였다.

이내 자리에서 벌떡 일어난 천무진은 창가 근처에 가서 걸터앉았다. 늦은 밤이지만 곳곳에서 밝은 불빛이 보인다.

밤늦게까지 해독약을 만들기 위해 움직이고 있는 의선과 마의 때문이리라.

그렇게 창밖을 바라보며 천무진이 천천히 입을 열었다.

"……마교에 들어가게 되면 교주를 한번 만나 보고 싶어."

"마교 교주를요?"

"응, 들어서 알잖아. 지금 마교 교주의 상태가 어떤지."

현재 그는 완전히 정신을 지배당하고 있다.

그리고 그 모습은 저번 생에서의 천무진 자신과 똑같았다. 그랬기에 보고 싶었다.

"십천야의 손에서 놀아나고 있는 교주가 어떠한 모습인지 보고 싶어. 그 모습을 보면…… 내가 어땠을지 조금 더 알 수 있을 것 같아서."

드문드문 나는 기억들.

그랬기에 조금 더 알고 싶었다.

자신이 어떠한 모습이었을지를.

그 기억이 천무진에게 어떠한 것인지 알고 있는 백아린이다. 무척이나 슬프고 괴로웠던 기억이라 했다. 천무진은 지금 그러했던 기억의 일부를 직접 눈으로 보고자 하고 있었다.

진지한 표정을 짓고 있는 천무진의 옆모습을 조용히 바라보고 있던 백아린이 자리에서 벌떡 일어나 괜스레 밝은 목소리로 소리쳤다.

"그럼 어디 한번 마교를 뒤집어 볼까요?"

그녀의 씩씩한 목소리를 들은 천무진이 슬쩍 백아린이 있는 방향으로 고개를 돌렸다.

그러고는 이내 씩 웃으며 답했다.

"……바라던 바야."

*　　*　　*

곧장 소교주인 악준기에게 자신이 직접 정체를 드러내고 마교로 들어가겠다는 의사를 밝힌 이튿날.

마교의 외성으로 들어서는 입구에서 다소 떨어진 관도에 한 명의 사내가 자리하고 있었다.

사십 대 중반의 나이, 서글서글해 보이는 인상에 전체적으로 평범해 보이는 외모를 지닌 사내였다. 허나 그의 정체를 아는 자라면 그 누구도 이 사내를 만만히 보지 못할 게다.

수라검마(修羅劍魔) 파융.

사람 좋아 보이는 겉모습과는 다르게 싸움을 시작하면 아수라처럼 적을 베어 넘긴다 해서 붙게 된 별호다.

파융은 악준기의 최측근 중 한 명으로 마극파천대(魔極破天隊)라는 세력을 이끄는 대주이기도 했다.

마교에서도 알아주는 고수인 파웅은 나무에 기댄 채로 다소 지루한 표정을 하고 있었다.

그는 오늘 낮에 갑작스럽게 악준기의 호출을 받았다.

그렇게 찾아간 소교주의 거처.

그런데 소교주는 마교 외부에서 오는 손님을 맞으라는 임무만 주고 그를 바깥으로 내보낸 것이다.

상대가 누구냐고 물었지만 악준기는 별다른 대답을 하지 않았다.

그저 아주 중요한 손님이라고만 말했을 뿐.

원한다면 만나서 직접 물으라는 말과 함께 의미심장한 미소를 지어 보였던 악준기다.

그렇게 얼결에 손님을 맞이하기 위해 이곳에서 기다리고 있긴 했지만 파웅은 지금 이 상황이 그리 마음에 들지 않았다.

마극파천대의 대주인 자신이 손님이나 맞기 위해 이곳에서 시간을 보내고 있다는 것이 쉽사리 납득이 가지 않아서다.

'대체 얼마나 중요한 손님이기에 나보고 나가란 거지?'

소교주의 명을 듣자마자 파웅은 수하들 몇 명을 보내겠다고 답했다. 허나 악준기는 고개를 저으며 반드시 직접 나가서 극진히 모셔 오라는 뜻을 재차 전했다.

결국 파융은 악준기의 명대로 직접 나와서 이렇게 손님을 기다리고 있었다.

지루한 듯 길게 하품을 하던 그때.

파융의 시선에 멀리에서 걸어오는 일련의 무리가 보였다.

그들은 세 명의 사내와 한 명의 여인으로 구성된 조합이었다. 순간적으로 자세를 고쳐 잡던 파융은 이내 고개를 갸웃했다.

분명 중요한 손님이라고 들었는데, 그렇게 보기에는 다가오는 이들이 무척이나 젊어 보였다.

'저들이 아닌가?'

잠시 의아해하는 사이 그 네 명으로 구성된 이들이 파융의 근처에 다다랐다. 거리가 좁혀지자 파융은 더욱 자세히 그들을 확인할 수 있었다.

실로 시선이 가는 이들이 아닐 수 없었다.

넷 모두 뛰어난 외모의 소유자들이었기 때문만은 아니다. 역시나 시선을 부여잡는 건 여인의 등 뒤에 걸려 있는 대검이었다.

수라검마라 불릴 정도로 뛰어난 무인인 파융으로서는 그 대검을 보며 혀를 내두르지 않을 수 없었다.

'쯧, 저걸 진짜 사용하는 건가?'

허나 그렇다고 보기에는 그 크기가 너무나 커서 실용적이지 못하다는 생각이 들었다. 파융의 관점에서 검이란 날렵하고, 사용하기 편해야 좋은 것이라는 관념이 박혀 있었기 때문이다.

저런 크기의 검을 휘두를 정도라면 정말 어마어마한 힘이 있어야 할 터인데, 그 대검을 짊어진 것이 네 명의 인원들 중 유일한 여인이라니…….

막 대검에 시선을 빼앗기고 있던 그 찰나 갑자기 걷고 있던 그 네 명이 멈추어 섰다.

그들은 바로 오늘 마교에 정식으로 들어오기로 결정을 내린 천무진 일행이었다.

그들이 갑자기 움직임을 멈추자 그제야 파융은 정신을 차렸다.

혹시나 하는 마음에 파융이 그 넷을 향해 한 걸음 다가가며 입을 열었다.

"저 혹시……."

물어 오는 그의 말을 자르며 백아린이 질문을 던졌다.

"소교주님이 보내신 사람인가요?"

"아, 맞습니다. 그럼 네 분이 오늘 오신다는 그 귀한 손님이시군요."

이 네 명이 악준기가 모시고 오라고 한 이들이라는 걸 확인한 파융은 이내 슬쩍 고개를 갸웃했다. 눈으로 직접 보았는데도 불구하고 이들의 정체를 가늠하기가 어려웠다.

'누구지? 행색을 보아하니 귀한 무가의 자제 같기도 한데 그런 이들을 소교주님이 직접 나까지 시켜서 모시고 오라 할 리는 없을 테고.'

하나씩 얼굴을 확인하던 파융.

그러던 그의 시선이 이내 한 명에 이르러 잠시 멈추어 섰다. 슬쩍 낯이 익어 보이는 얼굴, 바로 단엽이었다.

단엽을 확인한 파융은 미간을 찌푸렸다.

'분명 어디선가 본 기억이…….'

한동안 안 쓰던 머리를 힘껏 굴리던 그가 번쩍하고 눈을 치켜떴다. 미간에 가득했던 주름이 사라지는 것과 동시에 생각난 하나의 이름.

'대홍련 부련주 단엽!'

오래전에 스치듯 본 것이 전부라 바로 기억해 내지는 못했지만 사내답지 않게 곱상한 얼굴과 볼에 있는 흉터를 보고 단엽을 떠올릴 수 있었다.

파융이 서둘러 단엽을 향해 포권을 취하며 예를 갖췄다.

"이런, 너무 늦게 알아봤습니다. 오늘의 손님이시란 분이 대홍련의 부련주셨군요."

상대가 대홍련의 부련주 정도라면 소교주인 악준기가 신경을 쓰는 것도 이해가 갔고, 자신에게 기다리고 있다 모셔 오라고 한 것도 납득이 됐다.

허나 포권을 취하는 파융을 향해 단엽이 시큰둥하니 답했다.

"어이, 완전히 잘못 짚었는데. 그쪽이 인사할 대상은 내가 아니야."

그런 그의 말에 파융이 무슨 소리냐는 듯 눈을 치켜뜨며 물었다.

"대홍련의 부련주님이 아니라면 대체 누굴……."

이해가 안 간다는 듯 물어 오는 그를 향해 단엽이 답했다.

"천룡성이라고 들어는 봤지?"

말이 나오는 순간 파융의 얼굴이 기괴하게 일그러졌다. 무림에 몸담은 무인으로서 어찌 그 이름을 모를 수 있겠는가.

다만 지금 같은 상황에 천룡성이 언급된다는 것이 무슨 의미겠는가?

"설마……."

혹시나 하는 표정을 지어 보이는 파융을 향해 단엽이 옆에 있는 천무진을 가리키며 말했다.

"그게 이쪽이거든."

*　　*　　*

천룡성의 무인이라는 신분이 드러난 직후 천무진은 파융을 통해 극진한 안내를 받으며 마교에 입성할 수 있었다.

파융은 앞장서서 내성까지 들어가는 모든 과정을 일사천리로 해결해 줬다.

그렇게 들어오게 된 마교의 내성.

웅성거리는 주변의 광경을 스윽 둘러보며 한천은 내심 감탄을 금치 못했다.

'대단하긴 대단하네.'

마교는 하나의 나라를 연상케 하는 곳이었다. 커다란 외성, 그리고 그 안에는 또 하나의 성벽이 존재한다. 그곳을 통과해야만 드러나는 내성까지.

외성과 내성을 가르는 벽 하나를 넘자 또 다른 세상이 펼쳐지고 있었다.

일반인들이 살아가는 평범한 마을 같았던 외성에 비해 내성에 들어서서 보게 되는 이들은 대부분이 무인이었다. 더군다나 이곳은 마교의 내성, 실력 좋은 무인들이 즐비했다.

잠시 제자리에 서서 주변을 둘러보는 한천에게 다가온 단엽이 그를 툭툭 치며 말했다.

“촌스럽게 뭘 그렇게 두리번거려.”

“살다 살다 내가 언제 여길 또 와 보겠냐?”

말과 함께 여전히 주변을 둘러보는 한천을 보며 단엽이 고개를 절레절레 저었다.

결국 참다못한 단엽이 그의 옷소매를 끌며 말했다.

“우리 두고 그냥 가잖아. 빨리 오라고.”

결국 그렇게 한천은 단엽에게 끌려가다시피 앞장서서 걸어가는 일행의 뒤를 쫓아야만 했다.

그렇게 파융의 안내를 받아 도착한 곳.

귀림원(貴林院).

그곳은 다름 아닌 마교를 찾는 귀빈들이나 모시는 장소였다. 어지간한 인물이 아니고서는 절대 배정받을 수 없는 곳, 그곳이 바로 귀림원이었다.

파융은 천무진 일행을 망설임 없이 귀림원으로 안내한 것이다.

그렇게 들어서게 된 귀림원은 귀한 손님들만 모신다는 명성답게 무척이나 잘 꾸며진 장소였다.

입구에서부터 안쪽으로 길게 이어진 길은 깔끔하게 정돈되어 있었고, 곳곳에 편안히 쉴 만한 장소들이 준비된 모습이었다.

커다란 연못과 그 위에 자리한 정자는 많은 사람들이 함께 자리해도 충분할 정도로 넉넉한 크기였다.

거기에 곳곳에 장식하듯 심어진 나무들은 쉬이 볼 수 있는 것들이 아니었다.

주변에 굴러다니는 돌멩이 하나조차도 값비싸 보이는 장소.

귀림원으로 천무진 일행을 데리고 온 파융이 조심스레 말했다.

“이곳에서 지내시면 될 것 같습니다. 전 그럼 소교주님께 보고를 드려야 해서 자리를 좀 비우겠습니다. 혹시나 필요한 것이 있으시면 여기를 담당하는 이에게 말씀하시면 됩니다.”

그 말을 끝으로 파융은 빠르게 사라졌다.

단엽은 보이는 곳 한쪽에 자신의 짐을 휙 던져 놓으며 근처 의자에 걸터앉았다.

자리에 앉은 단엽이 주변을 둘러보며 말했다.

“어지간히도 크네.”

중얼거리던 단엽의 시선이 이내 천무진에게로 향했다.

단엽이 재차 입을 열었다.

“어이, 주인.”

자신을 부르는 소리에 천무진은 물론이고, 그 옆에 있던 백아린까지 덩달아 고개를 돌렸다.

단엽이 물었다.

"이제부터 뭘 할 생각이야?"

마교 내부로 들어가 적들에게 치명타를 가할 거라는 이야기 정도는 전해 들었다. 하지만 어떠한 방식으로 일이 진행될지는 아직 정확히 알지 못했다.

그 질문에 답한 건 백아린이었다.

"우선 의심스러운 곳들은 조사에 들어갔으니 조만간 하나씩 결과가 나올 거야. 그걸 기반으로 건드려 볼 생각이고. 거의 확실해 보이는 곳은…… 곧 뒤집어야지."

혹시나 말이 새어 나갈까 봐 두루뭉술하게 이야기하고 있었지만 거의 확실해 보이는 곳이 정보 단체인 귀문곡이라는 것 정도는 모두가 알고 있었다.

고개를 끄덕이던 단엽이 물었다.

"그럼 지금은? 지금 당장은 뭘 하면 되는데?"

"뭘 하긴."

백아린이 슬쩍 옆에 있는 천무진에게 시선을 돌렸다.

천무진이 기다렸다는 듯 말을 받았다.

"우리가 온 걸 빠르게 알려야지. 마교의 아이들조차 알 수 있을 정도로 시끄럽게 말이야."

"시끄럽게라……."

중얼거리던 단엽이 히죽 웃었다.

그는 옆에 있는 한천을 바라보며 말했다.

"시끄럽게 만드는 건 자신 있지. 사고 치는 건 우리 전문이잖아. 안 그래 한천?"

물어 오는 단엽을 향해 한천이 불만스레 입을 열었다.

"아니, 왜 맨날 나쁜 건 나랑 엮으려는 거야."

* * *

적화신루의 지부에 한 명의 여인이 자리하고 있었다. 그녀의 정체는 다름 아닌 육총관 어교연이었다.

백아린을 달갑지 않게 여기며 곧 비게 될 적화신루 삼총관의 자리에 욕심을 가지고 있는 그녀는 요즘 따라 더더욱이나 기분이 좋지 못했다.

가장 큰 이유는 역시나 점점 두각을 드러내는 백아린이라는 존재 때문이었다.

적화신루의 총관으로서 수많은 정보를 접하는 그녀다.

그랬기에 최근 백아린이 벌인 수많은 일에 대해 전해 들은 건 물론이고 그로 인해 적화신루 내에서 계속해 거론되는 그녀의 이름에 귀가 아플 지경이다.

더군다나 백아린을 견제하기 위해 그녀의 정보를 긁어모으고 있는 어교연이 아니던가.

그랬기에 지금 백아린이 얼마나 많은 일들을 해 나가고 있는지 누구보다 잘 알고 있었다. 그렇게 시간이 하루 이틀씩 지나고 있는 지금, 어교연은 초조할 수밖에 없었다.

백아린에 대한 정보가 잔뜩 적힌 자료를 확인하던 어교연은 짜증스레 그 종이를 바닥으로 집어 던졌다.

그녀는 잔뜩 화가 난 얼굴로 입술을 꽉 깨물었다.

'망할! 백아린, 백아린! 시끄러워 죽겠네, 정말.'

어교연은 지금 이 모든 상황이 마음에 들지 않았다.

그리고 생각했다.

백아린이라는 존재가 점점 이렇게 부각되는 것은 전부 천룡성을 등에 업었기 때문이라고.

그러자 자연스레 얼마 전에 있었던 일이 떠올랐다.

어교연이 직접 사천성으로 가 천무진을 만났던 그 일 말이다.

그때 그녀는 천무진에게 자신과 함께하자고 청했다. 백아린보다 자신이 훨씬 나을 거라 장담하며 말이다. 허나 돌아온 대답은 냉담했다.

명백한 거절.

그는 자신이 내민 조건을 듣지조차 않았다.

천룡성 무인인 천무진은 확신했었다. 어교연 자신보다 백아린이 더 뛰어날 거라고. 아무런 것도 보여 주지 않았음에도 불구하고 그 같은 확신을 가졌다는 것이 더 불쾌했었다.

그날 일을 떠올리며 어교연은 이를 갈았다.

'어떻게든 그때 천룡성 무인을 내 손에 넣었어야 했는데…….'

천무진만 자신의 관리하에 넣을 수 있었다면 지금 백아린이 해내고 있는 모든 일들이 자신의 활약이 되었을 거라 확신하는 어교연으로서는 그날 일이 못내 아쉬울 수밖에 없었다.

그녀가 초조한 듯 손가락으로 탁자를 두드렸다.

퉁퉁.

어떻게든 백아린을 밀어내기로 결정을 내린 지 오래였지만, 지금에 오자 더는 시간을 줘서는 안 된다는 확신이 들었다.

만약 이대로 조금 더 날뛰게 뒀다가는 자신과 백아린 사이에 채울 수 없는 간극이 생길지도 모른다.

'아무래도 슬슬 움직여야 할 것 같은데.'

어떻게 되든 좋다.

백아린을 적화신루의 요직에서 밀려나게 만들어도 되고,

아예 쫓아낼 수 있다면 더더욱 좋았다.

허나 이내 어교연은 고개를 저었다.

어지간한 일이 아니라면 백아린의 직위는 결코 흔들리지 않을 것이다.

적화신루 루주의 확고한 믿음.

그리고 천룡성이라는 든든한 배경까지.

그 두 가지가 있는 이상 정말 천인공노할 일을 벌이지 않는 이상 그녀를 밀어내는 건 불가능하다. 하지만 백아린이 바보가 아닌 이상 그런 말도 안 되는 일을 벌이지는 않을 것이다.

그렇다면…….

'누명을 씌우거나 그게 불가능하면…… 죽여야지.'

자신의 앞길을 계속해서 막는 백아린이다.

백아린이 그 자리에서 계속 자신을 막는다면 결국 어교연은 지금 이 자리에서 머물러야만 한다. 허나 그건 어교연이 바라던 것이 아니다.

그녀는 욕심이 있었다.

그걸 방해하는 자라면…… 죽어도 상관없었다.

바로 그때였다.

"총관님, 경패입니다."

바깥에서 들려온 목소리의 주인공은 어교연의 부총관 경

패였다. 싸늘한 표정을 하고 있던 그녀가 짧게 답했다.

"들어와."

승낙이 떨어지자 바깥에서 경패가 걸어 들어왔다.

어교연이 그런 그를 향해 시선을 돌린 채로 물었다.

"무슨 일이야?"

"명령하신 정보가 들어와서 보고드리러 왔습니다."

"정보? 어떤 거?"

"사총관과 관련된 정보 말입니다."

시큰둥하던 어교연의 표정이 놀랄 정도로 빠르게 돌변했다. 그녀는 거의 빼앗듯이 경패의 손에 들린 종이를 낚아챘다.

종이 안에는 최근 백아린의 움직임에 대한 것들이 적혀 있었다.

이런 것들을 빠르게 알아낼 수 있었던 건 모두가 어교연이 적화신루의 사람이기 때문이다.

직접적으로 백아린을 쫓지 않는다 해도 의뢰가 들어가는 지역을 분석하는 것만으로 어느 정도 상황을 유추할 수 있다는 소리다.

백아린이 계속해서 움직이며 적화신루에 넣는 의뢰들.

그 의뢰의 내용까지 자세히 알아보는 건 어려웠지만, 최소한 그것이 어느 지역에서 들어간 의뢰인지 확인하는 건

총관인 어교연에게는 불가능한 일이 아니었다.

종이 안의 내용을 살핀 그녀는 최근 백아린의 의뢰가 집중된 지역을 확인할 수 있었다.

"광동성? 지금 광동성에 있는 건가?"

백아린이 최근 넣은 의뢰들은 모두 광동성이라는 지역의 거점을 통해 들어왔다. 그 말은 곧 백아린이 광동성에 있다는 소리였는데…….

얼마 전까지만 해도 분명 섬서성에 있다는 정보를 받았는데 어느새 광동성이라니.

정말 중원 곳곳을 헤집고 다닌다는 말이 과언이 아닐 지경이었다.

어교연은 고개를 갸웃할 수밖에 없었다.

대체 왜일까?

광동성이라니? 그곳은 그리 활동할 만한 지역이 아니었다.

워낙 독보적인 세력 하나가 자리하고 있는 지역이다 보니 여타의 문파는 거의 없는 것이나 다름없는 곳이다.

이해가 안 간다는 듯 어교연이 중얼거렸다.

"광동성이라면 마교 때문에 뭔가를 하기에는……."

막 중얼거리던 어교연이 움찔했다.

대체 마교가 있는 곳에서 뭘 하려는 걸까 생각했다.

하지만 이미 거기서 답이 나온 것이라는 사실을 깨달았기 때문이다.

어교연이 놀란 듯 소리쳤다.

"……마교!"

그랬다.

바로 마교가 목적지였던 게 분명했다.

지금 백아린은 천룡성의 의뢰를 수행하고 있고, 그들을 등에 업는다면 마교와 얽히는 일 또한 불가능한 상황이 아니다.

생각이 거기까지 미치자 어교연은 입술이 바싹바싹 말랐다.

대체 마교에서 무슨 일을 벌이려는 걸까?

아무런 것도 알 수 없었지만, 하나는 확신할 수 있었다. 적어도 천룡성과 함께 마교에서 뭔가를 벌인다면 그것이 결코 작은 일은 아닐 거라는 걸.

그리고 그로 인해 뭔가를 얻게 된다면…… 그건 모두 백아린의 공이 될 거라는 것도.

만약 그렇게 된다면 백아린의 위치는 지금과 비교도 되지 않을 정도로 견고해질 수밖에 없다.

'이대로 둬선 안 돼.'

어교연은 어쩌면 이번이 백아린을 제거할 수 있는 마지

막 기회일지도 모른다는 생각이 들었다.

"광동성, 그리고 마교……."

중얼거리던 어교연이 갑자기 눈을 부릅떴다.

광동성이라면 분명…….

그녀가 버럭 소리쳤다.

"경패! 광동성이 이총관이 담당하는 구역 맞지?"

"아, 예. 맞습니다."

적화신루 이총관 황균.

백아린을 견제하기 위해 어교연이 끌어들였던 인물이다. 그리고 그가 담당하고 있는 구역이 바로 광동성이었다.

어교연은 곧바로 말했다.

"황 총관에게 연락 넣어. 내가 곧바로 찾아뵙겠다고."

"곧바로 말입니까? 여기서 해야 할 일이……."

"지금 그깟 일이 문제야? 여기 일은 대충 아래 애들한테 맡기면 되잖아! 빨리 연락 넣으러 안 가?"

소리를 내지르는 어교연의 모습에 경패가 화들짝 놀라 고개를 끄덕이고는 방을 빠져나갔다.

이내 어교연은 손에 들고 있던 종이를 와락 구겼다.

타악!

탁자가 울릴 정도로 손에 쥔 서찰을 강하게 내려놓은 그녀의 입꼬리가 비틀렸다.

"백아린 그러게 언제나 은연중에 경고했잖아."

천천히 허리를 편 어교연은 꾸깃꾸깃 구겨진 서찰을 바라보며 실소를 흘렸다. 저 구겨진 서찰이 마치 백아린의 미래처럼 여겨졌다.

웃는 얼굴로 어교연이 천천히 말을 이었다.

"너무 나대지 말라고. 그러다…… 죽는다고."

10장. 연합
— 그리하시지요

천룡성 무인 천무진의 등장.

그 한 명의 등장은 마교를 발칵 뒤집어 버리기 충분했다.

천룡성 무인이 무림에 모습을 드러냈다는 것은 사실 이미 어지간한 이들이라면 모두 알고 있는 부분이었다.

그런데 얼마 전까지만 해도 무림맹과 뭔가를 도모하는 듯해 보였던 그가 갑자기 마교에 나타난 것이다.

그저 한 사람의 방문일 뿐이다.

하지만 그로 인해 마교의 최고위층 모두가 한자리에 모이고 있었다.

마교 내성의 중앙 지역에 위치한 집마전(集魔殿)은 어느새 최고위층 무인들로 인해 바글거리고 있었다.

천하를 좌지우지할 만한 무인들의 집합, 이 모습이 천룡성이라는 이름이 가지는 힘을 보여 주고 있었다.

이미 집마전 내부는 갑자기 나타난 천무진의 이야기로 시끄러웠다.

"대체 천룡성의 무인이 왜 본교를 찾아왔단 말이오?"

"그걸 내가 어찌 알겠소."

"혹 본교에 뭔가 피해가 가는 건 아닐지……."

"뭐 내심 켕기는 거라도 있으신 모양이오?"

"허어, 지금 뭐라고 한 게요?"

오고 가는 이야기들은 각양각색이었고, 그 안에는 이처럼 고성이 생기는 경우도 많았다.

그렇게 자리에 모인 이들이 지금 이 상황에 대해 웅성거리고 있는 바로 그때였다.

입구를 지키고 서 있던 수문 위사가 다급히 소리쳤다.

"교주님 드십니다!"

그 말에 주변에 있는 이들과 대화를 나누고 있던 수많은 마교의 고위층이 동시다발적으로 자리에서 벌떡 일어섰다.

모두가 침묵하는 그 사이로 한 명의 무인이 천천히 모습을 드러내고 있었다.

새카만 흑의를 펄럭이며 나타난 사내에게서는 압도적인 분위기가 풍겨 나왔다.

수십만 마교인들의 정점에 선 인물.

마교 교주 악자헌이 걸어 들어오고 있었다.

그가 들어서는 순간 열려 있던 집마전의 큰 문이 닫혔다.

쿠웅.

오십 대 중반의 나이, 그렇지만 고강한 경지에 오른 무인답게 겉보기는 그보다 훨씬 젊어 보였다.

목덜미를 덮을 정도의 머리카락은 깔끔하게 정돈되어 있었고, 딱 부러지게 생긴 이목구비와 다소 날카로워 보이는 눈매가 인상적인 사내였다. 그리고 건장한 신체에서는 감추기 힘들 정도의 강인함이 흘러내렸다.

집마전에 모습을 드러낸 악자헌은 망설임 없이 고개를 숙인 무인들 사이를 지나 가장 높은 곳에 자리한 상석으로 걸어갔다.

그러고는 곧장 상석에 위치한 의자에 몸을 실으며 짧게 입을 열었다.

"다들 앉지."

그 말에 예의를 갖추고 서 있던 무인들이 동시에 자신의 자리에 착석했다.

모두가 자리에 앉았을 그때 악자헌이 입을 열었다.

"승룡방주(乘龍幇主)."

"예, 교주님."

'승룡방주'라는 말에 한쪽에 자리하고 있던 육십 대의 노인 하나가 앞으로 나섰다. 마교의 세력 중 하나인 승룡방을 이끄는 금산산이라는 인물이었다.

승룡방은 외부에서 오는 손님들을 관리하는 곳이다.

그랬기에 악자헌이 그에게 물었다.

"천룡성의 무인이 왔다 들었다. 사실인가."

"넵. 현재 귀림원으로 모신 상황입니다."

"귀림원이라……."

나지막한 중얼거림. 그리고 그 중얼거림 끝에 악자헌이 말을 이었다.

"그런데 말이야. 내가 참으로 이상한 소문을 하나 들었는데."

말을 끝낸 악자헌이 모여 있는 마교의 무인들을 천천히 훑어봤다. 날카로운 시선에서 느껴지는 섬뜩함에 모인 이들이 절로 고개를 숙였다.

악자헌이 말했다.

"천룡성 무인을 귀림원으로 안내한 것이 소교주의 수하라 들었다. 이것이 사실인가?"

"……."

악자헌의 질문에 많은 이들이 꿀 먹은 벙어리가 된 듯 입을 닫고 있었다. 이미 교주인 그에게서 듣기 전부터 알고 있던 사실이다.

너무도 대놓고 안내를 했는데 어찌 모를 수 있겠는가. 게다가 지금 악자헌이 몰라서 질문을 던지는 게 아니라는 것 정도는 바보가 아니라면 모두가 알 만한 일이었다.

그 누구도 쉽사리 입을 열지 못하는 상황.

악자헌이 목소리를 높였다.

"방금 전까지 그리들 떠들어 대더니 모두 갑자기 꿀 먹은 벙어리라도 되었는가! 내 질문에……!"

그가 악에 받친 듯 소리를 내지르는 그 순간이었다.

닫혀 있던 문 건너에서 우렁찬 소리가 울려 퍼졌다.

"소교주님 드십니다!"

고함과 함께 닫혀 있던 집마전의 문이 열렸다.

끼이익.

소리와 함께 열린 문틈.

흘러들어오는 빛과 함께 소교주 악준기가 집마전 안으로 성큼 들어섰다.

악준기의 등장에 착석해 있던 마교의 무인들이 자리에서 일어나 예를 갖췄다. 그런 그들을 향해 악준기는 미소와 함께 가볍게 손을 들어 보였다.

무서울 정도의 기백으로 모두를 내리누르는 악자헌, 그에 비해 악준기는 항상 여유롭고 자유분방해 보이는 모습으로 수하들을 대했다.

부자 사이였지만 두 사람은 무척이나 다른 부류였다.

가벼워 보이는 악준기의 모습.

모르는 이가 본다면 그런 그의 모습에 우습다 생각할 수도 있다.

하지만…… 아니다.

마교에서 어느 정도 잔뼈가 굵은 이라면 누구라도 알고 있을 것이다.

저 웃고 있는 얼굴 뒤에 자리한 악준기라는 사내의 무서움을.

태평해 보이는 저 미소 속에 감춰진 진짜 마인의 모습을 말이다.

집마전 안으로 들어선 악준기는 곧장 길을 따라 계속해서 걸었다.

그렇게 정면으로 걸어가던 그가 멈춘 곳.

그곳은 상석으로 향하는 계단의 바로 앞이었다. 그 자리에 선 악준기가 천천히 고개를 들어 올려 위쪽에 위치한 인물과 시선을 마주했다.

마교 교주 악자헌.

그가 차가운 눈동자로 악준기를 맞이하고 있었다.

그런 악자헌과 시선을 마주하는 악준기의 눈가가 슬며시 꿈틀거렸다.

허나 이내 그는 티 내지 않고 천천히 무릎을 꿇으며 입을 열었다.

"소교주 악준기, 교주님을 뵙습니다."

말과 함께 고개를 숙인 악준기가 그 상태 그대로 자세를 유지했고, 그런 그를 내려다보던 악자헌이 곧 입을 열었다.

"늦었구나."

"죄송합니다. 늦잠을 자서요."

말과 함께 고개를 슬쩍 들어 올린 악준기가 환하게 웃었다.

여유 넘치는 악준기의 대답에 양쪽으로 도열해 있던 마교 무인들의 표정이 극명하게 갈렸다.

일부는 미간을 찌푸리며 불쾌한 기색을 내비쳤고, 나머지는 그런 악자헌을 보며 의미심장한 표정을 짓고 있었다.

현재 마교는 크게 두 개의 패로 나뉘어 있다.

교주 악자헌을 따르는 이들과 소교주 악준기를 지지하는 무리로.

중립을 지키고 있는 이들 또한 제법 됐지만, 현재로서는 그렇게 두 개의 세력이 있다 봐야 옳았다.

물론 그 두 세력이 크게 다툼을 벌인 건 아니다. 지금은 서로 견제하는 정도일 뿐, 아직 어떤 싸움이 있을 정도로 독한 감정을 내비치지는 않았다.

대외적으로 악자헌과 악준기 사이에는 큰 문제가 없었다. 그랬기에 둘 사이가 예전과 다르게 소원하다는 정도로만 알고 있는 이들이 대부분이었지만, 실상은 크게 달랐다.

악자헌이 정체불명의 괴한들에게 조종당한다는 사실을 안 이후부터 악준기는 그를 견제하는 데 많은 시간을 소요했다.

자신이 존경했고, 사랑했던 아버지 악자헌.

그런 그를 적으로 돌린다는 건 분명 쉬운 일이 아니었다.

허나 악준기는 그래야만 했다.

마교의 소교주였으니까.

정신을 지배당하는 아버지를 대신하여 마교를 지켜야 할 의무를 가졌으니 말이다.

악자헌을 올려다보는 악준기는 미소 속에 감춰 이제는 항상 혼자서만 되뇌는 그 이름을 속으로 불렀다.

'아버지…….'

악자헌이 더 이상 자신이 아는 아버지가 아니게 된 걸 알게 된 그날부터 악준기는 그를 언제나 교주님이라 칭했다.

눈은 웃고 있었지만 악준기는 지그시 입술을 깨물었다.

자신을 내려다보는 저 차가운 눈동자.

저건…… 악준기가 알던 아버지의 눈빛이 아니었다.

오랜 시간 억눌러 왔던 분노가 다시금 스멀스멀 기어 올라왔다. 아버지를 저렇게 만들고, 마교를 뒤에서 조종하려 하는 그들을 모조리 찾아내 도륙해 버리고 싶었다.

하지만 그러기 위해선 참아야만 했다.

속내를 감추고, 얼마든지 적의 손바닥 위에서 춤춰 주리라.

그 모습이 다른 이들의 비웃음을 사게 될지언정, 결국 그 놈들의 가슴에 비수를 꽂아 넣을 수만 있다면 그 어떠한 분노도 참아 낼 각오가 되어 있었다.

아버지이되, 아버지가 아닌 존재를 마주한 악준기가 속으로 되뇌었다.

'아버지 조금만 참으십시오.'

무릎을 꿇고 있던 악준기가 천천히 일어섰다.

그러고는 여전히 속내를 알 수 없는 미소로 악자헌과 마주했다.

'곧…… 지금의 허수아비 같은 삶을 끝내 드릴 테니까요.'

악자헌을 누구보다 잘 아는 악준기다.

그랬기에 확신했다.

만약 악자헌에게 의지가 남아 있었다면 지금 같은 삶을 살 바에는 차라리 죽음을 택할 것이라고.

그런 상황에서 악준기가 악자헌에게 해 줄 수 있는 마지막 배려는 그의 삶을 매듭짓게 해 주는 것, 그뿐이었다.

악준기를 내려다보던 악자헌의 입이 슬며시 열렸다.

"마침 잘됐구나. 네게 물어보려던 것이 있었는데 이 자리에서 물어보지."

"말씀하시지요."

"천룡성 무인을 귀림원으로 안내해 준 것이 네 수하라 들었다. 맞느냐?"

애초부터 감출 생각이 없었기에 악준기는 곧장 고개를 끄덕이며 답했다.

"네, 맞습니다."

"천룡성을 마교로 끌어들이다니…… 무슨 꿍꿍이인 게냐?"

"끌어들이다니요. 오해십니다."

"오해?"

슬쩍 높아지는 악자헌의 목소리를 뒤로한 채로 악준기는 주변을 스윽 둘러봤다. 마치 모두에게 똑바로 들으라는 듯이 양쪽에 도열해 있는 마교 고위층 인물들을 바라보며 악준기가 말했다.

"네, 천룡성을 불러들인 건 제가 아닙니다. 그저 그들이 인근에 도착한 상황에서 우연히 연락이 닿았고, 그랬기에 직접 모신 것뿐입니다."

"……지금 그 말을 나보고 믿으라는 게냐?"

"천룡성이 어떤 문파입니까? 그들은 자신들의 의지로만 움직입니다. 제 사사로운 생각으로 천룡성에게 연락을 취했다고 한들 과연 그들이 움직였을까요? 그럴 리가 없지 않습니까. 그들은…… 천룡성이니까요."

악준기는 자신의 이야기에 귀를 기울이는 모두를 향해 똑똑히 들으라는 듯 또박또박 말했다.

악자헌에게 설명하는 듯한 말투였지만, 사실은 그뿐만이 아닌 이곳 집마전에 모인 모두에게 전하고 싶은 말이기도 했다.

악준기의 말에 대다수의 무인들은 고개를 끄덕였다.

의심할 만한 구석이 아예 없는 건 아니었지만, 악준기의 말마따나 다른 이들도 아닌 천룡성이다. 그들이라면 결코 개인이 움직일 수 있는 존재가 아닌 건 분명했다.

그것이 설령 마교의 소교주라 할지라도 말이다.

허나 악준기의 말에선 쉽사리 납득하기 어려운 부분이 하나 있었다.

그리고 악자헌 또한 그 부분을 놓치지 않고 캐물었다.

"네 말대로 천룡성은 개인이 움직일 수 있는 이들이 아니지. 허나 그 말을 들어도 우연히 연락이 닿았다는 건 도저히 이해가 안 가는군. 세상에 우연이란 것이 있다 믿는 성격이 아니라서 말이야. 하물며 그 우연이란 것이…… 천룡성이라면 더더욱."

그저 우연이라는 말로는 넘어갈 수 없다는 듯 물고 들어오는 악자헌을 향해 악준기가 기다렸던 것처럼 답했다.

"교주님도 아실 겁니다. 단엽이라고."

"대홍련의 부련주를 이야기하는 게냐?"

"예, 맞습니다. 그리고 아실지 모르겠지만 단엽은 천룡성 무인과 함께 움직이고 있습니다."

악준기의 말에 일부에서 웅성거리는 소리가 들려왔다.

천룡성과 대홍련…….

둘이 힘을 합쳤다는 사실은 놀라운 일이었으니까.

천룡성이 무림에 모습을 드러낸 거야 대부분이 알 정도로 소문이 난 일이지만 단엽의 경우는 달랐다.

아직까지 그가 천무진과 같이 움직인다는 사실을 아는

건 극소수였다.

물론 화산파에 함께 나타난 이상 결국 소문은 퍼질 수밖에 없는 상황.

어차피 밝혀지는 것은 시간문제였기에 악준기는 천무진과 단엽에게 사전에 이야기해 두고 지금 그것을 터트리고 있었다.

웅성거리는 이들을 향해 악자헌이 천천히 입을 열었다.

"조용."

그 한마디에 웅성거리던 소리가 순식간에 사그라졌다. 주변을 침묵시킨 악자헌이 짧게 물었다.

"……그래서?"

"아시지 않습니까. 제가 대홍련의 부련주와 제법 친하다는 걸요. 정확히 말하자면 천룡성이 아닌 그가 제게 연락을 준 겁니다. 자신들이 근처에 오게 되었는데 쉴 자리를 내어 달라고요. 천룡성의 무인이 온 걸 알면서도 모르는 척 문전박대를 할 순 없지 않습니까. 아닙니까?"

말과 함께 악준기는 동조를 원하는 것처럼 주변을 확인했다.

말대로 천룡성 무인이 온 걸 알았는데 모르는 척할 순 없는 노릇이었다.

그리고 천룡성 무인을 제외하고 생각해도 대홍련의 부련

주가 직접 연락을 취했다고 한다. 그 또한 결코 가벼이 여길 상대는 아니었다.

"……."

악준기의 대답에 악자헌은 아무런 말도 하지 못했다. 그의 말에서 크게 트집 잡을 만한 부분이 없었기 때문이다.

얼굴에 웃음기를 띤 채로 악준기가 물었다.

"대답은 된 것 같은데 그럼 제 자리로 가도 되겠습니까?"

물어 오는 악준기의 질문에 악자헌이 침묵하고 있던 그 때였다. 악자헌의 머릿속으로 전음이 날아들었다.

『그리하라고 하시지요, 교주님.』

정체 모를 누군가의 전음에 악자헌의 눈동자가 순간 흔들렸다. 하지만 그건 찰나였고, 이내 그는 싸늘한 표정으로 돌아왔다.

악자헌은 전음이 시키는 대로 답했다.

"……그리하도록."

"예, 그럼."

말을 마친 악준기는 이내 옆으로 움직여 상석 옆에 위치한 자신의 자리로 가서 앉았다.

그렇게 실내의 분위기가 가라앉은 그때였다.

마교 무인들이 뒤섞여 있는 집마전의 한쪽.

그곳에 있는 무인 한 명의 시선이 악준기에게 틀어박혀 있었다.

나이는 얼추 사십 대 중반 정도로 보이는 사내.

인상은 전체적으로 부드러워 보였고, 무인보다는 학사를 연상케 할 정도로 깔끔한 이목구비였다.

흑풍진천대(黑風振天隊) 대주 양사창(楊嗣昌)이라는 자였다.

팔짱은 낀 채로 사람들 사이에 뒤섞여 있던 그가 조용히 의자에 몸을 기댔다.

'마교 소교주 악준기.'

대외적으로는 흑풍진천대의 대주 역할을 맡고 있는 그지만, 실상 그의 진짜 정체는 십천야의 하나였다.

십천야의 일원으로 마교에 오랫동안 뿌리박은 인물.

양사창은 의미심장한 눈빛으로 악준기를 응시했다. 이내 그의 입꼬리가 슬며시 비틀렸다.

'뭐, 언젠가 죽일 생각이긴 했다만…… 네 녀석이 스스로 명을 재촉하는구나.'

*　　*　　*

집마전에서 있었던 회의는 약 한 시진 정도의 시간 동안 진행된 뒤 끝이 났다. 물론 딱히 어떠한 결론이 나올 수 있는 회의는 아니었다.

천룡성 무인인 천무진의 등장에 대한 이런저런 이야기들과 주의해야 할 부분 같은 것들에 대해 떠들어 대긴 했지만, 사실상 크게 의미가 있는 논의는 아니었다.

결정적으로 천룡성이 왜 마교에 왔는지조차 알 도리가 없었으니까.

그나마 알 확률이 있다 여겼던 소교주 악준기 또한 모르쇠로 일관하고 있으니 더는 방법이 없었다.

그렇게 아무런 소득 없이 회의가 끝이 났고, 참석했던 이들은 제각각 자신의 거처로 돌아갔다.

그리고 그건 채륜(蔡綸) 또한 마찬가지였다.

사십 대 후반의 무인인 그는 마교 내에서도 손꼽히는 고수 중 하나였다. 결정적으로 그가 속한 전왕묵검가(戰王墨劍家)는 마교에서 세 손가락 안에 꼽히는 가문이었다.

당연히 마교 내에서 채륜이 지니는 발언권은 무척이나 컸고, 그는 많은 이들이 존경하는 무인이기도 했다.

점잖게 생긴 얼굴은 평범해 보였지만 그에게서는 보통

사람에게서 쉬이 느껴지지 않을 법한 묘한 분위기가 풍겼다.

이미 늦은 시각, 자신의 거처로 돌아온 채륜은 탁자 옆에 위치한 의자에 걸터앉았다. 그러자 곧장 시녀 하나가 방 안으로 들어와 막 끓인 차가 담긴 찻주전자를 놓고 사라졌다.

다시 홀로 남게 된 채륜은 시녀가 가져다준 차를 잔에 따라 조용히 홀짝였다.

가만히 차를 마시고 있는 그의 눈동자는 무척이나 어지러웠다. 결국 침묵하고 있던 그가 허공에 대고 작게 중얼거렸다.

"천룡성이라……."

중원을 살아가는 이라면 크건 작건 천룡성에 은혜를 입은 상태라는 말이 있다.

그리고 그건 전왕묵검가 또한 다르지 않았다.

지금 자신들이 존재할 수 있는 것, 그 자체가 바로 천룡성 덕분이었다.

천룡성을 떠올리며 중얼거리던 채륜의 손가락이 갑자기 꿈틀했다.

그의 안색이 순식간에 새하얗게 변했다. 동시에 입술은 바짝바짝 말랐고, 온몸의 신경이 곤두섰다.

그럴 수밖에 없었다.

마교에서 알아주는 고수 중 하나인 채륜이다.

그런 자신이…… 뒤를 잡혔으니까.

'대체 언제…….'

고개조차 돌리지 않았지만 이미 채륜은 알고 있었다. 자신에게서 그리 멀지 않은 뒤편에 누군가가 있다는 사실을.

지금 이자가 마음먹고 공격을 한다면 피하는 건 가능하겠지만, 최소한 팔 하나 정도 내줄 각오는 해야 했다.

완벽하게 뒤를 잡힌 이 상황이 채륜은 쉬이 믿기지 않았다.

이곳이 어디인가?

마교 내성에 위치한 전왕묵검가의 본거지다. 그런 곳에 외부인이 침입을 하다니. 그것도 다른 이도 아닌 가주인 자신을 노리고 말이다.

허나 그런 의문은 그리 길어지지 않았다.

같이 방 안에 있었음에도 불구하고 알아차리지 못할 정도의 실력자다. 그런 자라면 이곳을 지키는 무인들의 눈을 속이고 잠입하는 것도 아예 불가능한 일은 아닐 테니까.

마른침을 삼키며 혹시 있을지 모를 공격에 대비하던 그때였다.

탁.

데구루루르.

수상쩍은 소리에 곧바로 날아오르려던 채륜이었지만 이내 굴러오는 뭔가가 시선 끝에 잡혔고 그 순간 발끝에 주었던 힘을 거뒀다.

소리와 함께 굴러온 건 다름 아닌 하나의 구슬이었다.

허나 그건 평범한 구슬은 아니었다.

그 구슬에서 무엇보다 눈을 끄는 건 바로 그 안에 박혀 있는 하나의 글자였다.

천(天).

그 글자가 눈에 들어오는 순간 채륜은 알 수 있었다.

'천루옥?'

천룡성과 중원이 맺은 맹약의 증표 천루옥.

바로 그것이 분명했다.

그렇다면 지금 자신의 뒤를 잡고 있는 자의 정체가 누구인지 고민할 이유도 없었다.

굴러오는 비취색 옥구슬을 집어 든 채륜이 천천히 몸을 돌렸다. 그리고 뒤편에 위치한 침상 옆에서 한 명의 사내가 서서히 모습을 드러냈다.

천무진이 나타난 것이다.

천루옥을 쥔 채륜이 젊은 천무진의 모습에 놀란 듯 눈을 크게 치켜떴다.

젊다는 건 알고 있었지만 그렇다고 해도 이 정도일 거라고는 생각지 못해서다.

겨우 약관을 넘어선 정도로밖에 보이지 않는 사내, 그런 자에게 뒤를 잡히고도 까맣게 모르고 있었다는 사실이 놀라웠다.

그리고 그만큼 천룡성이라는 이름이 지니는 무게가 확하고 와 닿는 기분이었다.

감췄던 모습을 드러낸 천무진이 걸음을 옮기며 말했다.

"그 구슬이 무엇인지 알아차린 모양이오."

"천룡성의 무인을 뵙습니다."

천무진의 목소리를 듣는 순간 정신을 차린 채륜은 곧장 포권을 취하며 인사를 건넸다.

자리에서 일어나 있던 그가 천무진을 향해 입을 열었다.

"앉으시지요."

"그럼."

천무진은 채륜의 맞은편에 있는 빈 의자에 가서 걸터앉았다. 이내 다시 자리에 앉은 채륜이 말했다.

"새로 차를 가져다 달라고 하겠습니다. 혹 좋아하시는 차라도……."

"그럴 필요 없소. 괜히 모습을 감추고 채 가주 앞에 나타난 것이 아니니까 말이오."

천무진의 말에 채륜은 고개를 끄덕였다.

정식으로 마교 내에 들어와 있는 상태라 공식적으로 연락을 취했어도 되는 천무진이다.

그런데도 불구하고 이렇게 은밀히 찾아왔다는 건 그런 방식으로 만나고 싶지 않은 비밀스러운 이유가 있다는 의미였다.

채륜은 아까 전 시녀가 가져다주었던 차를 따라 천무진에게 건넸다.

찻잔을 들어 올린 천무진이 짧게 답했다.

"잘 마시겠소."

말과 함께 천무진은 찻잔에 담긴 차로 입술을 축였다. 그러고는 그가 찻잔을 내려놓는 그 순간 기다렸다는 듯 채륜이 물었다.

"절 어쩐 일로 찾아오셨는지 여쭈어도 되겠습니까?"

물어 오는 질문에 천무진이 답했다.

"……천룡성에 그대의 도움이 필요하오."

도움이 필요하다는 말.

짧은 대답이었지만 그 말은 전왕묵검가의 가주인 채륜에게는 가벼이 들을 수 있는 것이 아니었다.

전왕묵검가는 천룡성에게 평생을 노력해도 갚을 수 없을 만큼 큰 은혜를 입었기 때문이다.

채륜이 아주 어렸던 과거의 일.

남만에 자리하고 있던 남만독사궁과 마교는 큰 싸움을 벌였다. 그리고 그 전쟁의 선두에 자리했던 것이 바로 전왕묵검가였다.

힘 차이가 있다 보니 시간이 흐를수록 싸움의 승기는 마교에게 넘어올 수밖에 없었다.

점점 불리해지는 형상 속에 일발 역전의 기회를 노리던 남만독사궁은 끔찍한 짓을 벌였다.

선두에서 싸움을 승리로 이끌어 가던 전왕묵검가를 비롯한 주요 부대원들을 흔들기 위해 그들의 가족을 노린 것이다.

마교 내부에 있는 가족들을 직접 노릴 순 없었던 상황에서 그들의 선택은 다름 아닌 독사였다.

남만독사궁이라는 이름처럼, 수없이 많은 독사들을 다뤄 온 그들이다. 그들은 마교 내에 숨어 있는 간자들을 통해 독사를 내부로 들어오게 만들었고 그 작전은 그대로 먹혀들었다.

이후 표적이 된 몇 곳에 남만독사궁이 자랑하는 맹독을 지닌 갖가지 뱀들이 풀렸다.

그리고 당연히 그중에서 가장 큰 목표는 전왕묵검가였다.

늦은 밤, 모두가 잠에 빠졌을 시간에 파고든 독사들은 단번에 전왕묵검가를 발칵 뒤집어엎었다.

일부의 무인들도 있긴 했지만, 어린아이나 여인들이 대다수였던 상황.

생각지도 못한 독에 많은 이들의 숨이 넘어가려던 그때 나타난 것이 바로 천룡성이었다.

천룡성의 무인은 준비해 온 해독약을 통해 전왕묵검가의 많은 이들을 살려 냈다. 수많은 이들의 목숨을 구해 낸 직후 천룡성 무인은 거짓말처럼 사라졌다.

당시 천룡성이 움직이지 않았다면 전왕묵검가는 대를 이을 자식들과 아내를 비롯한 남은 가족들 모두를 잃었을 상황이었다.

만약 그렇게 됐다면 전왕묵검가라는 가문은 그렇게 역사 속에서 천천히 사라지게 되었을 게다.

그 최악의 상황을 막아 준 것이 바로 천룡성이다.

가문을 지켜 줬고, 가족들의 목숨까지 구해 줬다.

그리고 독사에 당해 죽을 뻔했던 이들 중에는 채륜 본인뿐 아니라, 그의 어머니와 여동생 또한 있었다.

그런 은혜를 입은 입장에서 어찌 천무진의 말을 가벼이 흘려들을 수 있겠는가.

절로 진지해진 얼굴을 한 채륜이 답했다.

"말씀하시지요."

"어려운 부탁이 될 수도 있소. 허나 듣는 그 순간부터는 가주가 싫다 해도 무를 수 없는 일이 될 거요. 그래도…… 듣겠소?"

망설일 수도 있는 상황이었지만 채륜은 일말의 머뭇거림도 없이 곧장 답했다.

"듣겠습니다. 천룡성에서 오신 분의 말이니까요."

흔들림 없이 답하는 채륜을 바라보며 천무진은 잠시 침묵했다.

'들었던 대로군.'

악준기는 말했다.

채륜은 약속을 중히 여기고, 은혜나 원한을 결코 잊지 않는 인물이라고. 그랬기에 천무진은 마교에서 자신을 도와줄 몇 개의 세력 중에 채륜과 전왕묵검가를 택했다.

물론 전왕묵검가를 선택하긴 했지만 그렇다고 해서 이들을 십 할 믿는 건 아니다.

십천야의 힘이 어디까지 뻗쳐 있을지는 장담할 수 없으니까. 하지만 그나마 그들의 손에 들어가지 않았을 법한 이들을 꼽는다면 개중 하나가 바로 이들 전왕묵검가였다.

그리고 그건 오랜 시간 마교에서 십천야의 그림자를 쫓고 있던 악준기가 보장했다.

중립의 위치에서 교주도, 소교주의 손도 들어 주지 않고 있는 그들이다. 마교에서 세 손가락 안에 드는 커다란 가문인 전왕묵검가.

그런 그들의 힘이 함께해 준다는 건 분명 큰 도움이 될 것이었다.

천무진이 입을 열었다.

"가주와 전왕묵검가는 나를 위해 움직여 줘야겠소."

"알겠습니다. 그럼 당장에 하명하실 일은……?"

"하나 있소."

천무진이 정면에 자리한 채륜을 응시하며 천천히 말을 이었다.

"……교주의 아래로 들어가시오."

* * *

객잔은 시끌벅적했다.

시간이 늦은 탓에 술을 마시는 손님으로 가득한 마교 외성의 객잔은 시장통을 방불케 할 정도로 소란스러웠다. 그리고 그런 객잔의 위층 난간 부근에 세 명의 인물이 자리했다.

바로 백아린과 단엽, 한천 세 사람이 그곳에 앉아 술잔을 기울이고 있었다.

세 사람은 죽립을 눌러써서 얼굴을 감추고 있는 중이었다.

"한 병 더!"

빈 술병을 들어 올리며 신이 나서 소리치는 한천을 향해 백아린이 눈을 흘겼다.

그녀가 짧게 말했다.

"여기 지금 술 마시러들 왔어?"

"하하, 겸사겸사 술도 먹고 좋지 않습니까."

혹시라도 술을 주문한 걸 취소시키는 건 아닐지 눈치를 살피던 한천은 백아린에게서 별다른 말이 나오지 않자 입꼬리가 귀에 걸렸다.

그리고 그런 그와 맞은편에 있는 단엽 또한 고개를 끄덕이며 입을 열었다.

"매일 이런 일만 시키면 참 좋을 텐데 말이야. 안 그래?"

"그럼, 그럼."

막 날아든 술병을 쥔 채로 한천이 히죽히죽 웃었다. 그렇게 두 사람이 신이 나서 술을 마시는 사이에도 백아린은 아래쪽에 신경을 집중시켰다.

그녀의 시선이 닿는 곳에 위치한 한 명의 인물.

커다란 덩치에 지저분하게 자란 턱수염이 무척이나 사납

게 생긴 외향을 더욱 강조하는 자였다.

백아린은 상대가 알아차리지 못할 정도로 짧게 시선을 던지며 그의 움직임을 주시했다.

그때 한천이 백아린의 빈 잔에 술을 채웠다.

"대장도 한잔하시죠."

"난……."

됐다는 말을 하려던 백아린은 어서 먹으라는 듯 잔을 꺾는 시늉을 해 보이는 한천의 모습에 작은 한숨을 내쉬었다.

그러고는 이내 채워진 술을 단번에 들이켰다.

꽤나 독한 술이었지만 아무렇지 않게 삼킨 그녀는 이내 이해가 안 된다는 듯 중얼거렸다.

"이런 게 어디가 좋다고 그리 마시나 모르겠네."

"에이, 그런 분이 일전에 단둘이서 그렇게 술을……."

좀 된 일이긴 하지만 천무진과 단둘이 술을 마신 이야기를 끄집어내던 한천은 자신을 향한 백아린의 시선에 서둘러 입을 닫았다.

하지만 그런 사실도 모르고 있던 단엽은 놀란 듯 물었다.

"뭐야? 주인하고 너하고 단둘이서 술도 마셨다고?"

"그, 그게 왜?"

백아린이 뭔가 어색한 듯 대답을 내뱉는 그때였다.

단엽이 중얼거렸다.

"와, 충격이네."

그 중얼거림에 백아린의 얼굴이 더욱 당혹감으로 물들어 갔고, 한천은 잘한다는 듯 고개를 끄덕였다.

차마 자신이 대놓고 캐물을 수 없었던 상황에서 단엽이 나서자 천군만마를 얻은 듯한 기분이었다.

단엽이 탁자에 몸을 바짝 기댔고, 입을 여는 그를 향해 한천이 눈을 빛내고 있는 그때였다.

단엽이 말했다.

"치사하게 나 빼고 둘이서만 술을 먹었다고?"

생각지도 못한 말에 한천은 어안이 벙벙한 표정을 짓더니 이내 손으로 이마를 감싸 안았다. 그러고는 믿기지 않는다는 듯이 중얼거렸다.

"하아, 이야기가 어떻게 그쪽으로 흐르나 몰라. 이쪽도 심각하구만."

어처구니없어하는 한천과는 달리 잠시 당황했던 백아린은 빠르게 평소의 모습을 회복했다. 그러고는 아무렇지 않은 듯 짧게 답했다.

"너도 부총관이랑 자주 둘이만 먹잖아."

"아, 그런가?"

"야, 수궁이 너무……."

이대로 포기할 수 없다는 듯 물고 들어가려던 한천이었지만 아쉽게도 말은 이어질 수 없었다.

콱.

탁자 아래에서 백아린의 발이 그의 발등을 꾸욱 눌렀으니까.

온몸을 배배 꼬며 고통을 참는 한천을 향해 백아린이 웃는 얼굴로 말했다.

"부총관, 술이나 먹지?"

"그, 그러죠."

대답을 듣고서야 백아린은 한천의 발등을 밟고 있던 발을 슬며시 떼 줬다. 한천이 뭔가 아쉽다는 듯 입맛을 다시며 막 술잔을 입에 가져다 대려던 그 찰나.

백아린이 갑자기 손을 들어 올리며 두 사람의 움직임을 멈추게 했다.

단엽과 한천의 시선이 그녀에게로 향했고, 그 상태에서 백아린은 아래쪽으로 가볍게 고갯짓을 했다.

객잔 이 층에서 계속해 감시 중이던 턱수염의 사내가 자리에서 일어나 움직이고 있었다.

그리고 그의 뒤를 따라 몇몇 사내가 함께 움직이며 객잔을 빠져나갔다.

그들 모두가 나간 순간 백아린이 자리에서 일어났다.

그녀는 아직까지 술잔을 든 채로 자신을 바라보는 두 사람을 향해 짧게 말했다.

"뭐해? 빨리들 일어나."

"하, 반도 못 마셨는데."

단엽이 짜증스레 말을 내뱉는 것과 함께 몸을 일으켰다. 아쉽다는 듯 한천이 손에 들려 있던 잔이라도 비우려던 찰나 백아린의 손이 빠르게 움직였다.

탁.

잔을 낚아챈 그녀가 그것을 탁자 한편으로 밀어 놓고는 웃으며 말했다.

"술은 여기까지."

"끄응."

방금 전까지 은근슬쩍 백아린을 놀려 대던 대가를 톡톡히 치르며 한천은 무겁게 몸을 일으켜 세웠다.

그렇게 자리에서 일어선 세 사람은 곧장 객잔 아래로 걸어 내려가 입구를 통해 바깥으로 나섰다.

밖으로 나서자 방금 전 객잔을 빠져나간 일련의 무리가 그리 멀지 않은 곳을 걸어가고 있었다.

그들을 확인한 백아린은 머리에 쓰고 있던 죽립의 앞부분을 잡아당겨 더더욱 얼굴이 보이지 않게끔 만들며 걸음을 옮겼다.

그녀가 말했다.

"가자고."

〈다음 권에 계속〉

DREAMBOOKS

DREAMBOOKS★

DREAMBOOKS★

DREAMBOOKS